UN MARIAGE À LYON

Paru dans Le Livre de Poche :

AMOK
LE JOUEUR D'ÉCHECS
VINGT-QUATRE HEURES DE LA VIE
D'UNE FEMME
L'AMOUR D'ERIKA EWALD
LA CONFUSION DES SENTIMENTS
TROIS POÈTES DE LEUR VIE : STENDHAL,
CASANOVA, TOLSTOÏ
IVRESSE DE LA MÉTAMORPHOSE
LA GUÉRISON PAR L'ESPRIT
DESTRUCTION D'UN CŒUR
LE COMBAT AVEC LE DÉMON
TROIS MAÎTRES (BALZAC-
DICKENS-DOSTOÏEVSKI)
EMILE VERHAEREN
CLARISSA

Dans « La Pochothèque » :

1. ROMANS ET NOUVELLES
2. ROMANS, NOUVELLES, THÉÂTRE
3. ESSAIS

STEFAN ZWEIG

Un mariage à Lyon

NOUVELLES TRADUITES DE L'ALLEMAND
PAR HÉLÈNE DENIS

BELFOND

« Geschichte eines Untergangs » a paru pour la première fois en septembre 1910 dans la *Neue Freie Presse,* à Vienne ;
« Die Hochzeit von Lyon », en août 1927, dans *Uhu* (*Neue Monatshefte Uhu,* à Berlin) ;
« Im Schnee », en août 1901, dans *Die Welt,* à Vienne ;
« Die Legende der dritten Taube », en décembre 1916, dans *Der Bildermann,* à Berlin ;
« Das Kreuz », en janvier 1906, dans *Die Nation,* à Berlin ;
« Episode am Genfer See », en 1919, dans *Moderne Welt,* à Vienne ;
« Der Zwang », en 1929, dans *Die Roman Rundschau,* à Vienne.

HISTOIRE D'UNE DÉCHÉANCE

Lorsque Mme de Prie rentra de sa promenade matinale le jour où le roi retira à son amant, le duc de Bourbon, la conduite des affaires de l'Etat, elle surprit, en même temps que la révérence obséquieuse des deux portiers, un sourire réprimé qui la déconcerta. Elle n'en laissa rien paraître, passa calmement devant eux et monta l'escalier mais, quand arrivée au premier palier elle tourna soudain la tête, elle aperçut sur le visage des deux compères un large rire prêt à exploser qui céda la place promptement à une nouvelle révérence effrayée.

Maintenant elle en savait assez. En haut, dans son salon où un officier galonné de la garde royale l'attendait un courrier à la main, elle se montra aussi insouciante, presque exubérante, que si elle faisait une visite de courtoisie dans une maison amie. Bien qu'elle entrevît le sceau royal sur la lettre et qu'elle remarquât l'air quelque peu confus de l'officier, conscient du caractère pénible de sa mission, elle ne trahit ni curiosité ni appréhension. Sans ouvrir la missive ni même l'examiner d'un peu plus près, elle bavarda avec le jeune militaire ; quand elle reconnut à son accent qu'il était breton, elle lui parla d'une dame qui ne pouvait pas souffrir les Bretons car, une fois, l'un d'eux était, contre sa volonté, devenu son amant. Elle fut frivole et pétulante, moitié par calcul, pour afficher son insouciance, moitié par habitude ; de fait une légèreté nonchalante et distraite rendait naturelle chacune de ses poses et leur donnait même une apparence de sincérité. Elle discourut si longuement qu'elle en vint réellement à oublier la missive du souverain qu'elle tenait froissée dans ses mains. Mais elle brisa finalement le cachet.

La lettre brève et dont le peu de courtoisie l'inquiéta, contenait l'ordre du roi : qu'elle quitte la cour sur-le-champ et se retire dans son domaine de Courbe-Epine en Normandie.

Elle était tombée en disgrâce, ses ennemis avaient enfin gagné ; elle l'avait déjà compris en voyant le sourire de ses portiers, avant l'arrivée du message royal. Mais elle ne se trahit pas. L'officier observa attentivement ses yeux en train de suivre le déroulement des lignes. Elle ne cilla pas et, quand elle se tourna à nouveau vers lui, son regard pétillait. « Sa Majesté est très soucieuse de ma santé et souhaite que je quitte la chaleur de la ville pour me retirer dans mon château. Veuillez annoncer à Sa Majesté que je vais sans délai déférer à son désir. » Elle sourit en prononçant ces paroles comme si elles recelaient un sens caché. L'officier salua d'un large coup de chapeau et sortit après une révérence.

A peine la porte s'était-elle refermée derrière lui que le sourire tomba de ses lèvres ainsi qu'une feuille morte. Elle froissa la lettre avec colère. Combien de lettres semblables — chacune scellant un destin — avaient été écrites par elle et envoyées de par le monde avec la signature du roi ! Et maintenant, c'était par un tel papier qu'on avait l'audace de la bannir de la cour, elle qui pendant deux ans avait gouverné la France entière : elle ne s'était pas attendue à tant de courage de la part de ses ennemis. Il est vrai que le jeune roi ne l'avait jamais aimée, il était mal disposé à son égard ; mais avait-elle fait Marie Leczinski reine de France afin qu'on l'exile, simplement parce que la foule était venue la huer sous ses fenêtres et qu'il y avait une vague famine dans le pays ? Elle se demanda un instant si elle devait tenir tête : le régent, le duc d'Orléans, avait été son amant, quiconque aujourd'hui possédait du pouvoir et une place à la cour n'en était redevable qu'à elle. Elle ne manquait point d'amis. Mais elle était trop fière pour quémander là où on la connaissait comme une souveraine, personne en France ne devait l'avoir vue autrement que souriante. D'ailleurs l'exil pouvait ne durer que quelques jours, le temps que les esprits se calment, puis ses amis imposeraient son rappel. Elle se réjouissait à l'avance à l'idée de sa vengeance et donnait ainsi le change à son dépit.

Mme de Prie prépara son voyage dans le plus grand secret. Elle ne donna à quiconque l'occasion de manifester son regret, ne reçut personne pour ne pas être obligée d'annoncer son départ. Elle voulait disparaître d'un seul coup, d'une façon mystérieuse, fantastique, tisser autour de son absence une énigme durable qui troublerait toute la cour : car elle possédait cette faculté remarquable de toujours vouloir mystifier, de toujours recouvrir d'un mensonge ses actes réels. Sa seule visite fut pour le comte de Belle-Isle, son ennemi mortel, celui-là même qui avait obtenu son bannissement. Elle se rendit chez lui afin d'afficher son sourire, son insouciance, son assurance. Elle lui conta combien cela lui était agréable d'avoir l'occasion de se reposer des fatigues de la vie à Versailles, elle mentit et, par un mensonge aussi patent, lui montra toute sa haine et son mépris. Le comte se borna à lui adresser un sourire glacial en disant qu'elle aurait du mal à supporter une longue solitude et accentua d'une façon si singulière le mot « longue » qu'elle en fut effrayée. Mais elle se contrôla et l'invita poliment à venir chasser sur ses terres. L'après-midi elle retrouva un de ses amants dans sa petite maison de la rue Apolline et le chargea de lui rendre compte avec exactitude de tout ce qui se passerait à la cour. Elle partit le soir. Elle ne voulait pas traverser la ville en plein jour dans une calèche découverte, parce que le peuple lui était hostile depuis cette révolte qui avait coûté des vies humaines et aussi parce qu'elle tenait obstinément au mystère de sa disparition. Elle voulait s'en aller de nuit pour revenir au grand jour. Elle laissa sa maison dans l'état où elle était, comme si elle ne la quittait que pour un très court laps de temps et déclara à haute et intelligible voix à l'instant où la voiture se mettait en marche — car elle savait que ses paroles trouveraient leur chemin jusqu'à Versailles — qu'elle projetait un bref voyage en vue de se reposer et qu'elle serait bientôt de retour. Et elle avait acquis une telle habitude de se dissimuler sous des masques que, apaisée effectivement par son propre mensonge, elle s'enfonça bientôt dans un sommeil tranquille malgré les cahots de la route. Elle ne se réveilla que loin au-delà de Paris, au premier relais, étonnée de se trouver dans une voiture et face à un nouveau destin dont elle ignorait encore s'il lui serait favorable ou hostile. Elle percevait seulement le mouvement des roues au-dessous d'elle, qu'elle ne pouvait pas commander, elle sentait qu'elle glissait vers quelque chose d'inconnu mais elle était trop légère pour nourrir des appréhensions sérieuses et se rendormit rapidement.

Le voyage en Normandie avait été désagréablement long mais dès le premier jour à Courbe-Epine elle retrouva sa gaieté. Son caractère agité, joueur, toujours avide de nouveauté découvrit un charme inhabituel à s'abandonner à la pureté cristalline d'une journée d'été à la campagne. Elle fit mille folies, elle s'amusa à courir dans les allées, à sauter par-dessus les haies à la poursuite des papillons frémissants, avec des nœuds de couleur pâle dans les cheveux et une robe d'une blancheur immaculée, pareille à la petite fille qu'elle avait été jadis et qu'elle croyait morte en elle depuis longtemps. Elle allait et venait et, pour la première fois depuis des années, elle éprouva la volupté qu'il y a à détendre ses membres de façon rythmée en marchant, de même qu'elle redécouvrit avec enchantement toutes les choses de la vie primitive qu'elle avait oubliées durant les jours passés à la cour. Elle se coucha dans l'herbe d'un vert d'émeraude et contempla les nuages. Comme c'était curieux, cela faisait des années qu'elle n'avait plus observé les nuages et elle se demandait si au-dessus des maisons de Paris ils flottaient, aussi blancs et gonflés, aussi purs, avec d'aussi beaux contours. Jamais jusqu'alors elle n'avait regardé le ciel comme un objet réel et sa voûte bleue parsemée de petites taches blanches lui rappela les merveilleux vases chinois qu'un prince allemand lui avait récemment offerts. Mais le ciel était encore plus beau, plus plein, plus bleu, rempli d'un air tiède et odorant qui avait la douceur de la soie. L'oisiveté la ravissait, elle qui, à Paris, s'était toujours précipitée d'un divertissement à l'autre, et le calme qui régnait autour d'elle avait la saveur d'une boisson fraîche. Elle prit alors conscience pour la première fois que tous ces gens qui l'entouraient à Versailles lui étaient indifférents, qu'elle n'en aimait aucun et n'en haïssait aucun ; elle ne leur portait pas plus d'intérêt qu'aux paysans qui se tenaient là-bas, à la lisière de la forêt, avec de grandes faux étincelantes et qui parfois, la main en visière, jetaient un regard curieux de son côté. Son exubérance ne fit qu'augmenter : elle folâtrait parmi les jeunes arbres, sautait pour saisir les branches les plus basses, les relâchait d'un geste brusque et éclatait de rire lorsque quelques fleurs blanches tombaient, comme frappées d'une flèche, entre ses doigts qui les attrapaient au vol et dans sa chevelure qui, après tant d'années, était enfin redevenue libre. Avec cette prodigieuse absence de mémoire dont les femmes frivoles témoignent à chaque instant de leur vie, elle oublia qu'elle était bannie, qu'auparavant elle avait été à la tête de la France, et qu'elle avait le pouvoir de jouer avec les destins aussi légèrement qu'elle le faisait maintenant avec les papillons et les arbres scintillants. Elle retourna cinq, dix, quinze années en arrière et redevint simplement Mlle Pleuneuf, la fille d'un banquier genevois, une enfant de quinze ans petite, maigre et exubérante qui s'amusait dans le jardin du couvent et ne savait rien de Paris et du monde entier.

L'après-midi, elle aida les filles de ferme à ramasser le blé ; elle trouva très drôle de lier les grandes gerbes pour les jeter ensuite d'un geste puissant sur le chariot. Plus tard, assise au sommet de la voiture remplie à ras bords, les jambes ballantes au milieu de tous ces gens d'abord respectueux et intimidés, elle plaisanta avec les valets, puis quand ils se mirent à danser, elle tourbillonna parmi eux. Elle eut l'impression que tout cela était une mascarade réussie à la cour et elle se réjouissait déjà à l'idée de raconter à Paris de quelle façon délicieuse elle avait passé le temps, comment elle avait dansé la ronde des fleurs des champs dans les cheveux, et bu à la même cruche que les paysans. Elle ne remarqua pas que c'était là la réalité, pas plus qu'elle ne s'apercevait du caractère factice des pastorales à Versailles. Son cœur s'égarait toujours dans l'instant présent, mentait quand il disait la vérité et était sincère quand il voulait tromper. Elle ne savait que ce qu'elle ressentait : c'étaient actuellement le bonheur et l'exaltation qui coulaient dans ses veines ; la pensée qu'elle était tombée en disgrâce l'aurait fait éclater de rire.

Dès le lendemain matin une ombre de morosité vint troubler la sérénité cristalline de ses heures. Le réveil dans cet endroit était déjà douloureux. On se précipitait de la nuit noire d'un sommeil sans rêves vers le grand jour, comme si on quittait une atmosphère chaude et lourde pour plonger dans une eau glacée. Elle ne savait pas ce qui l'avait réveillée. Ce n'était pas la lumière, car une journée pluvieuse jetait une lueur blafarde sur les fenêtres noyées de larmes. Ce n'était pas le bruit non plus, car on n'entendait ici aucune voix, seuls des morts, dans les tableaux accrochés au mur, fixaient sur elle un regard pénétrant. On ne dormait plus, sans savoir pourquoi ni à quoi bon. Rien ne l'appelait ni ne l'attirait en ces lieux.

Et elle se mit à penser à quel point c'était différent à Paris. Le soir on dansait, on devisait, on passait la moitié de la nuit avec des amis, et ensuite l'épuisement engendrait ce merveilleux sommeil dans lequel l'excitation des sens continuait à faire vibrer des images multicolores. Le matin, les yeux clos, elle entendait des voix étouffées dans l'antichambre qui semblaient venir encore de son rêve. Dès son lever ils affluaient, ducs de France, quémandeurs, amants, amis ; tous sollicitaient ses faveurs et apportaient l'offrande de ceux qui aspirent à un avantage : un enjouement appliqué. Chacun faisait son récit, riait, jasait, on apportait à son chevet les potins, les nouvelles. Au sortir de ses rêves colorés elle se trouvait plongée directement dans le flot de la vie, le sourire qu'elle avait eu sur les lèvres ne disparaissait pas, restait suspendu au coin de sa bouche et se balançait avec exubérance ainsi qu'un oiseau dans sa cage.

Au cours de la journée les portraits étaient remplacés par les hommes en chair et en os et ils demeuraient à ses côtés tandis qu'elle s'habillait, qu'elle sortait, qu'elle prenait ses repas, jusque tard dans la nuit. Sans cesse elle se sentait emportée dans un murmure par ce flux en perpétuelle agitation qui, pareil à des vagues, berçait en dansant sur un rythme sans fin la barque fleurie de sa vie.

Mais ici, au réveil, l'embarcation heurtait un écueil, elle s'échouait, immobile et vaine, sur le rivage des heures. Rien ne l'engageait à se lever. Les innocentes distractions de la veille avaient perdu leur attrait : sa curiosité d'enfant pattée était de celles qui se lassent vite. La chambre était vide, comme privée d'air ; elle-même se sentait vide dans cette solitude où personne ne la réclamait, vide, inutile, rongée, usée : elle dut d'abord se remémorer péniblement pourquoi elle était dans ces lieux et comment elle y était arrivée. Qu'attendait-elle de cette journée, pour fixer ainsi la pendule qui sans cesse traversait le silence de ses petits mouvements tremblants.

Enfin cela lui revint. Elle avait prié le prince d'Alincourt, le seul de ses anciens amants pour lequel elle éprouvait une certaine affection, de lui faire apporter chaque jour les nouvelles de la cour par un courrier à cheval. La veille elle n'avait pas songé un seul instant que sa disparition soudaine avait mis Paris en émoi, à présent elle éprouvait l'envie de jouir de ce triomphe. Le messager ne tarda d'ailleurs pas à arriver, mais de message point. Alincourt lui écrivait quelques banalités, l'informait de l'état de santé du roi, des visites de princes étrangers et sa lettre s'achevait par des vœux amicaux de prompt rétablissement. Pas un mot sur elle ni sur sa disparition. Elle en fut contrariée. La nouvelle n'était-elle donc pas connue de tous ? Ou bien avait-on vraiment ajouté foi à son mensonge selon lequel elle se serait rendue dans cet ennuyeux trou perdu afin de se reposer ?

Le messager, un palefrenier au cou de taureau, un peu sot, haussa les épaules. Il n'était au courant de rien. Elle dissimula son mécontentement et répondit à Alincourt — sans montrer son dépit — qu'elle le remerciait de ses informations et qu'elle le priait instamment de continuer à lui établir des rapports précis. Elle espérait ne pas rester longtemps ici mais, quoi qu'il en soit, elle s'y plaisait énormément. Elle ne remarqua même pas que déjà elle lui mentait.

Mais que la journée fut longue ! Les heures à la campagne semblaient passer à la même allure circonspecte que les gens et elle ne connaissait aucun moyen d'en accélérer la marche. Elle ne savait à quelle activité se livrer, tout en elle était muet, son cœur était pareil à un carillon dont on a égaré la clé et la pétulante musique qu'il renfermait s'était tue. Elle se livra à diverses tentatives, elle se fit apporter des livres, mais même dans les plus spirituels elle ne voyait rien d'autre que du papier imprimé. Une grande agitation s'empara d'elle, les nombreuses personnes parmi lesquelles elle avait vécu pendant des années lui manquaient. Elle harcela inutilement ses serviteurs de ses ordres capricieux. Elle voulait entendre les marches d'escalier craquer sous les pas, voir des gens, susciter artificiellement le bourdonnement des messages ; elle voulut se mentir mais le résultat fut peu satisfaisant, comme celui de tous ses projets actuels. Le repas la dégoûta, de même que la chambre, le ciel et les domestiques. Elle ne désirait plus qu'une chose : la nuit, les ténèbres d'un profond sommeil sans rêves, jusqu'au lendemain où de meilleures nouvelles lui parviendraient.

Enfin le soir arriva, mais en ce lieu quelle tristesse ! Les choses s'effaçaient dans l'obscurité, la lumière s'assombrissait et rien d'autre. Ici c'était une fin, alors qu'à Paris c'était le début de tous les amusements. Ici il répandait la nuit, là-bas il incendiait les chandeliers dorés dans les salons royaux, faisait pétiller les regards de plaisir, échauffait, enflammait, enivrait, embrasait le cœur. Ici il ne contribuait qu'à accroître l'anxiété. Elle errait de chambre en chambre. Dans toutes, le silence était tapi comme une bête méchante engraissée par toutes ces années où personne n'était venu et elle redoutait que cette bête ne bondisse sur elle. Le plancher poussait de profonds soupirs, les reliures des livres craquaient dès qu'on les touchait ; quelque chose dans l'épinette gémit craintivement à la façon d'un enfant battu lorsqu'elle effleura ses touches et en fit sortir un son plaintif. Tous les objets étaient solidaires dans le noir pour se défendre contre l'intruse.

Alors, prise de frissons, elle demanda qu'on allume les lumières dans toute la maison. Elle tenta de rester dans une pièce, mais toujours elle était poussée plus loin, elle fuyait d'une chambre à l'autre, comme si elle pouvait y trouver l'apaisement. Cependant partout elle se heurtait au mur de silence invisible qui depuis des années régnait ici en maître et ne voulait pas céder la place. Même les chandelles paraissaient ressentir cela, elles sifflaient doucement et pleuraient à chaudes gouttes.

Du dehors, le château, avec ses trente fenêtres scintillantes, étincelait comme si on y célébrait une fête. Les villageois se tenaient en masse devant la bâtisse, bavardaient et se demandaient avec étonnement d'où pouvaient bien être venus soudain tous ces gens. Mais les vagues silhouettes qu'ils voyaient glisser, tantôt devant une vitre, tantôt devant une autre, étaient toujours celles de la même personne : Mme de Prie qui, avec le désespoir d'un animal sauvage, arpentait la prison de sa solitude intérieure et guettait à travers les fenêtres un événement qui n'arrivait pas.

Le troisième jour son impatience ne connut plus de borne et prit un tour brutal. L'isolement l'oppressait, elle avait besoin des gens ou, au moins, de nouvelles des gens, de la cour, où étaient ancrées toutes les fibres de son être, besoin de ses amis, de quelque chose qui pût l'agiter ou simplement la toucher. Incapable d'attendre le messager, elle se mit en route de bon matin et chevaucha trois heures à sa rencontre. Il pleuvait et le vent soufflait avec violence ; sa chevelure gorgée d'eau entrainait sa tête en arrière, la tempête balayait son visage et l'aveuglait ; ses mains se raidirent et purent à peine tenir les rênes. Elle rentra finalement au galop, se fit enlever ses vêtements mouillés et se réfugia à nouveau dans son lit. Elle attendit fiévreusement, mordant sa couverture. Elle comprit alors le sourire menaçant du comte de Belle-Isle quand il lui avait dit qu'elle aurait du mal à supporter sa longue solitude. Et trois jours seulement s'étaient écoulés !

Enfin le courrier arriva. Elle ne feignit plus ; elle brisa le cachet avec ses ongles aussi avidement qu'un affamé arrache l'écorce d'un fruit. La lettre contenait beaucoup de détails concernant la cour ; son œil glissa dessus, elle se cherchait, elle cherchait son nom. Rien, rien. Mais un nom lui fit l'effet d'une brûlure : sa fonction de dame du palais était attribuée à Mme de Caulaincourt.

Elle fut un instant saisie de tremblements et d'une grande faiblesse. Elle n'était donc pas victime d'une humeur passagère, il s'agissait d'un exil durable ; c'était son arrêt de mort et elle aimait la vie. D'un bond, sans aucune pudeur devant le messager, elle sauta du lit et, à demi nue, grelottant, elle rédigea frénétiquement lettre sur lettre. Elle renonça à la comédie de l'orgueil. Elle écrivit au roi, bien qu'elle sût qu'il la haïssait ; dans les termes les plus humbles, les plus pitoyablement flagorneurs, elle promit de ne plus s'immiscer dans les affaires de l'Etat. Elle écrivit à Marie Leczinski, lui rappela qu'elle n'était devenue reine de France que grâce à son entremise. Elle écrivit aux ministres, leur offrit de l'argent, elle s'adressa à ses amis. Elle implora Voltaire, qu'elle avait sauvé de la Bastille, de composer une élégie sur son départ et d'en faire lecture. Elle ordonna à son secrétaire d'engager des libellistes contre ses ennemis et de faire circuler des copies de leurs écrits. Ses doigts fiévreux rédigèrent ainsi vingt billets qui avaient tous le même objet : Paris, le monde, la délivrance de cette solitude. Ce n'étaient plus des lettres, c'étaient des cris. Alors elle plongea la main dans une cassette, donna au courrier une poignée de pièces d'or : qu'il crève son cheval, mais qu'il soit à Paris avant la nuit ! Ce n'est qu'ici qu'elle avait appris ce que représentait vraiment une heure. L'homme effrayé voulut remercier, elle le poussa dehors.

Puis elle retourna se réfugier dans son lit. Elle avait froid. Une toux pénible ébranlait son corps amaigri. Elle était couchée et regardait droit devant elle, attendant toujours que la pendule sur la console se mette enfin à sonner. Mais les heures étaient entêtées, on ne pouvait en hâter le cours ni par des jurons, ni par des prières, ni avec de l'or, elles poursuivaient leur ronde indolente. Les domestiques vinrent, elle les renvoya tous, elle ne voulait montrer son désespoir à personne, elle ne voulait aucune nourriture, aucune parole, elle ne voulait rien de personne. Sans relâche la pluie murmurait au-dehors, elle frissonna, comme si elle était elle-même à l'extérieur, aussi frémissante que les arbustes aux bras écartés, impuissants. Une question lui revenait sans cesse à l'esprit, un mot, pareil à l'oscillation d'un pendule. Pourquoi, pourquoi, pourquoi ? Pourquoi Dieu lui avait-il fait cela ? Avait-elle commis de trop grands péchés ?

Elle sonna énergiquement : qu'on aille chercher le curé du village. La pensée que vivait ici un être humain à qui elle puisse parler et à qui elle puisse confier son angoisse la rassura.

Le prêtre ne se fit pas attendre longtemps, d'autant plus qu'on lui avait rapporté que Madame était souffrante. Elle ne put réprimer un sourire lorsqu'il entra. Elle pensa à son abbé de Paris aux mains fines et délicates, au regard pétillant qui vous caressait presque, à sa conversation mondaine qui faisait oublier qu'il écoutait votre confession. L'abbé de Courbe-Epine était corpulent et large d'épaules et il fit craquer le revers de ses bottes en se dirigeant d'un pas lourd vers la porte. Tout chez lui était rouge, les mains grossières, le visage tanné par le vent et les larges oreilles ; pourtant, d'une certaine façon, un air de bienveillance se dégageait de lui quand il lui offrit sa grosse patte pour la saluer. Il prit place dans un fauteuil. L'effroi qui régnait dans la chambre parut reculer devant une telle force et se tapit dans un coin. La pièce que sa voix sonore remplissait tout entière sembla devenir plus chaude, plus vivante et Mme de Prie eut l'impression de respirer plus librement en sa présence. Il ne savait pas très bien pourquoi on l'avait appelé et entama une conversation maladroite, il parla de sa paroisse et de Paris, qu'il ne connaissait que par ouï-dire, il fit montre d'érudition, discourut sur Descartes et les œuvres pernicieuses de M. de Montaigne. Elle prononçait un mot de temps à autre, sans réfléchir plus avant. Ses pensées bourdonnaient, pareilles à un essaim de moucherons, tout ce qu'elle voulait c'était entendre, entendre encore une voix humaine, la dresser comme une digue contre la mer de solitude dans laquelle elle menaçait de se noyer. Quand, craignant de l'importuner, il voulut prendre congé, elle l'assaillit d'une affabilité fougueuse qui n'était que l'expression de son angoisse ; elle lui promit sa visite, ce dont il se montra extrêmement honoré, l'invita à venir la voir souvent. Tout ce qu'il y avait de séduction en elle et qui avait fasciné Paris éclata. brisant son silence et sa méditation. Et l'abbé resta jusqu'à la tombée de la nuit.

Mais dès qu'il fut parti, ce fut comme si le poids du silence retombait sur elle avec une violence redoublée, comme si elle seule devait porter les hauts plafonds et repousser l'obscurité qui pénétrait dans les pièces. Elle n'avait jamais su l'importance que peut revêtir un individu pour un autre, car elle n'avait jamais été solitaire. Pas davantage qu'à l'air, qu'on ne sent pas, elle n'avait accordé d'attention aux hommes ; mais maintenant que l'isolement lui serrait la gorge, elle comprenait combien elle avait besoin d'eux, à quel point ils comptaient, même quand ils mentaient et vous trompaient, elle reconnaissait que tout ce qu'elle était, sa légèreté, son assurance, sa gaieté, elle le devait à leur présence. Pendant des décennies elle avait nagé dans les eaux de la société, ignorant que ces flots la portaient et la nourrissaient ; à présent, semblable à un poisson jeté sur le rivage de la solitude, elle tressaillait de désespoir et d'une douleur pleine de révolte. Elle était transie et en même temps dévorée de fièvre. Elle palpa son corps, fut effrayée de sa froideur, toute chaleur semblait l'avoir quitté, son sang, dans ses veines, coulait visqueux comme de la gélatine. Elle eut l'impression d'assister ici, dans cette paix, à la mise en bière de son propre cadavre. Et soudain elle explosa en un sanglot désespéré. Terrifiée, elle voulut l'étouffer. Mais ici il n'y avait personne, ici elle n'avait pas besoin de dissimuler ; pour la première fois elle était seule avec elle-même. Et elle s'abandonna docilement à la douceur douloureuse de sentir ruisseler les larmes brûlantes sur ses joues glacées et d'entendre ses propres hoquets dans l'horreur du silence.

*

* *

Elle s'empressa de rendre sa visite au curé. La demeure était déserte, les lettres n'arrivaient pas — elle savait bien qu'à Paris on n'avait pas beaucoup de temps à consacrer aux solliciteurs, aux quémandeurs. Elle voulait faire quelque chose, n'importe quoi : jouer au trictrac, bavarder, ou du moins regarder parler une autre personne, tromper par n'importe quel moyen l'ennui qui assaillait son cœur d'une façon de plus en plus menaçante et meurtrière. Elle traversa le village à la hâte : elle ressentait une répulsion pour tout ce qui, d'une façon ou d'une autre, était attaché à ce nom de Courbe-Epine, tout ce qui lui rappelait son exil. La maisonnette du curé était située au bout de la rue, déjà dans la campagne. Elle était à peine plus haute qu'une grange, mais des fleurs encadraient les petites fenêtres et couraient en désordre au-dessus de la porte d'où elles retombaient, si bien qu'elle dut se baisser pour ne pas se trouver emprisonnée dans ce charmant lacis.

Le prêtre n'était pas seul. A côté de lui, assis à son pupitre, il y avait un jeune homme que, troublé au plus haut point par une si auguste visite, il présenta comme son neveu. Il s'employait à l'instruire ; certes son élève n'embrasserait pas la carrière ecclésiastique — on y perdait bien trop. Cela se voulait une galante plaisanterie. Mme de Prie sourit, mais non tant de ce compliment un peu lourd que de l'embarras amusant du garçon qui s'empourprait et ne savait où porter ses regards. C'était un jeune paysan de haute taille, aux joues rouges, au visage osseux, avec des mèches de cheveux filasse, des yeux légèrement naïfs : ses membres maladroits lui conféraient une apparence épaisse et brutale mais à présent l'immense respect qu'il éprouvait atténuait sa rusticité et lui donnait l'air désarmé d'un enfant. Il osait à peine répondre aux questions qu'elle lui posait, il balbutiait, bégayait, cachait ses mains dans ses poches, les en retirait, et Mme de Prie, amusée de sa confusion, l'interrogeait toujours davantage — cela lui faisait du bien de trouver à nouveau quelqu'un qui était troublé par sa présence, qui était humble, suppliant, soumis devant elle. Le curé parla en faveur de son neveu, vanta ses mérites, sa passion pour les études et raconta que son désir le plus vif était de pouvoir les achever à l'université à Paris. Etant il est vrai lui-même pauvre, il n'était guère capable de l'aider ; de plus il n'avait pas non plus de ces protecteurs qui seuls à Paris assurent l'accès à une carrière au service de l'Etat, et il le recommanda avec insistance à sa bienveillance. Elle était toute-puissante à la cour, un simple mot suffirait pour réaliser les rêves les plus audacieux du jeune étudiant.

Mme de Prie eut un sourire amer dans l'obscurité : elle était toute-puissante à la cour et ne pouvait même pas obtenir une réponse à une seule de ses lettres, à une seule de ses prières ! Pourtant le fait qu'ici personne n'était au courant de son impuissance, de sa chute, lui fut un soulagement, il suffisait à présent d'une apparence de pouvoir pour la rendre heureuse. Elle se maîtrisa : bien sûr, elle était toute disposée à soutenir le jeune homme, qui à en croire les paroles d'un intercesseur si estimé était certainement digne de toutes les faveurs. Qu'il se présente demain chez elle, afin qu'elle puisse examiner ses qualités. Elle le recommanderait à la cour, lui donnerait un mot d'introduction pour son amie la reine et pour ces messieurs de l'Académie (et, tout en disant cela, elle se souvint qu'aucun d'entre eux n'avait répondu, ne fût-ce que d'une ligne, à ses missives).

Le vieux prêtre tremblait de joie, des larmes coulaient sur ses joues épaisses. Il lui baisa les mains, se mit à déambuler tel un homme ivre, tandis que le garçon se tenait là, hébété, et ne trouvait rien à dire. Lorsque Mme de Prie se décida à partir il ne bougea pas, demeura comme cloué sur place, jusqu'à ce que le curé lui fît comprendre à la dérobée par un geste énergique qu'il devait raccompagner sa bienfaitrice au château. Il marcha à ses côtés, bredouilla des remerciements et s'embrouilla dans ses propos chaque fois qu'elle le regardait. Cela la rendit toute joyeuse. Pour la première fois elle éprouvait à nouveau cette volupté, mêlée à un léger mépris, de voir un être humain perdre devant elle toutes ses capacités. Alors se réveilla intacte son envie de jouer avec les autres, qui avait été un besoin vital pendant les années où elle avait tout le pouvoir. Il s'arrêta devant la porte du château, fit une révérence maladroite, puis il s'éloigna à la hâte de son pas raide de paysan, et c'est à peine si elle eut le temps de lui rappeler sa visite.

Elle le suivit des yeux et sourit dans son for intérieur. Il était gauche et naïf : mais à tout prendre il était vivant, passionné, et non pas mort comme tout ce qui l'entourait. Il était le feu et elle avait froid. Son corps habitué aux caresses et aux étreintes se trouvait ici soumis au jeûne ; pour avoir un éclat plein de vie, son regard avait besoin du reflet de ce rayonnant désir de la jeunesse qu'elle rencontrait tous les jours à Paris. Elle le suivit des yeux longtemps encore : cela pouvait être un jouet, certes d'un bois dur, un jouet fruste et niais, mais propre à tromper le temps quoi qu'il en soit.

*

* *

Le lendemain le jeune homme se présenta. Mme de Prie qui, lasse à force d'inactivité et morose à l'idée de commencer la journée, se levait en général tard dans l'après-midi, décida de le recevoir couchée dans son lit. Elle se fit auparavant apprêter avec le plus grand soin par sa femme de chambre et rehaussa de rouge ses lèvres toujours plus diaphanes. Puis elle donna l'ordre de faire entrer le visiteur.

La porte s'ouvrit lentement en grinçant. Hésitant et très gauche, le jeune homme se glissa à l'intérieur. Il avait revêtu ses meilleurs habits, qui à la vérité n'en restaient pas moins ceux d'un paysan endimanché et il répandait une forte odeur de pommades diverses. Son regard scrutateur errait du plancher aux poutres de la chambre plongée dans l'obscurité et se faisait déjà plus apaisé de ne rencontrer personne. C'est alors que du lit, sous le nuage rose du baldaquin, lui parvint un salut encourageant. Il sursauta, car il ne savait pas qu'à Paris les grandes dames recevaient à leur lever, ou bien il l'avait oublié. Il fit un mouvement en arrière, comme s'il était entré dans une eau profonde et ses joues devinrent écarlates ; elle se reput de cet embarras qui la charmait. D'une voix enjôleuse elle l'invita à se rapprocher, cela l'amusait de se montrer très polie.

Il avança avec autant de prudence que s'il marchait sur une planche étroite et qu'il y avait à droite et à gauche des abîmes écumants. Elle lui tendit sa petite main maigre et pâle qu'il enveloppa avec précaution de ses doigts vigoureux, comme redoutant de la casser, et il la porta respectueusement à ses lèvres. D'un geste amical elle lui dit de prendre place dans un fauteuil confortable à côté de son lit et il s'y enfonça ; il lui semblait soudain que ses jambes étaient brisées.

Il se sentit un peu plus assuré une fois qu'il fut assis. Maintenant la chambre tout entière ne pouvait plus tourbillonner autour de lui, le sol ne pouvait plus ondoyer. Ce spectacle inhabituel continuait pourtant à le troubler, la soie lâche de la couverture semblait reproduire les formes du corps dénudé de Mme de Prie et le nuage rose du baldaquin évoquait des nappes de brume. Il n'osait pas regarder mais il était conscient qu'il ne pourrait pas toujours fixer le plancher. Ses mains, ses grosses mains rouges dont il ne savait que faire, ne cessaient de tâter les accoudoirs, comme s'il lui fallait s'y retenir, puis, effrayées à nouveau de leur propre agitation, elles reposèrent pareilles à deux blocs de glace sur ses genoux. Il avait dans les yeux une sensation de brûlure proche des larmes, tous ses muscles étaient tiraillés par l'angoisse et sa gorge n'avait pas la force de proférer une seule parole.

Son embarras l'enchantait. Elle prenait un plaisir cruel à laisser s'installer un très long silence, à observer en souriant ses efforts pour trouver le premier mot qui n'aboutissaient qu'à des balbutiements, à voir cet homme fort comme un chêne trembler et jeter des regards impuissants autour de lui. Enfin elle eut pitié de lui et se mit à l'interroger sur ses projets auxquels elle feignit de porter un intérêt extrême si bien que, peu à peu, il retrouva son courage. Il l'entretint de ses études, des Pères de l'Eglise et des philosophes, elle en parla aussi, sans y connaître grand-chose. Et comme la prétentieuse impartialité avec laquelle il exposait et discutait ses conceptions commençait à l'ennuyer, elle se divertit à le décontenancer en s'agitant de diverses façons. Parfois elle tirait sur la couverture comme si elle était sur le point de tomber ; soudain, dans la vivacité de la conversation, elle sortait un bras blanc de la soie froissée ; elle battait des pieds sous le couvre-lit. Et chaque fois il s'interrompait, son débit se précipitait, il mangeait ses mots ou ceux-ci jaillissaient de ses lèvres, son visage prenait une expression de plus en plus tourmentée et tendue, et elle apercevait de temps à autre une veine qui courait sur son front, aussi rapide qu'un serpent. Ce jeu l'amusait, le jeune homme lui plaisait mille fois plus dans sa confusion puérile que dans sa rhétorique parfaite. Et elle chercha à le troubler aussi avec des paroles.

« Ne songez pas toujours autant à vos études et à vos mérites ! A Paris c'est l'habileté qui est décisive. Il vous faudra apprendre à vous pousser en avant. Vous êtes joli garçon, montrez-vous avisé et mettez votre jeunesse à profit, surtout n'oubliez pas les femmes, elles sont tout à Paris, notre faiblesse doit être votre force. Apprenez à bien choisir vos maîtresses et à les utiliser, et vous deviendrez ministre. Avez-vous déjà eu ici une liaison ? »

Le jeune homme tressaillit. D'un seul coup son visage devint cramoisi. Il eut conscience qu'il ne pourrait faire face à cette situation intolérable, il aurait voulu se précipiter vers la porte, mais il y avait en lui une pesanteur, il était comme engourdi par ces effluves de parfum, par le souffle de cette femme. Tous ses muscles se contractèrent convulsivement, sa poitrine se serra, il sentit que la fureur et la folie s'emparaient de lui.

Un craquement se fit alors entendre. De ses doigts crispés il avait cassé un accoudoir. Terrifié, il se leva d'un bond, confus au plus haut point de sa mésaventure, mais elle, enchantée par sa violence primitive, se contenta de sourire et dit : « Il ne faut pas vous effrayer ainsi quand on vous pose des questions auxquelles vous n'êtes pas habitué. A Paris cela vous arrivera souvent. En matière de comportement vous avez encore un certain nombre de choses à apprendre et je suis prête à vous aider. Je ne parviens de toute façon pas bien à me passer de mon secrétaire ; voulez-vous le remplacer, j'en serais contente. »

Les yeux brillants, il balbutia des remerciements exaltés et lui pressa si fort la main qu'il lui fit mal. Elle sourit, d'un sourire sombre — de nouveau l'ancienne duperie : se croire aimée, tandis que de l'autre côté il n'y avait que vanité ou arrivisme. Mais, quoi qu'il en soit, c'était si beau de pouvoir l'oublier chaque fois. Et puis, ici, elle n'avait personne à tromper sinon elle-même.

Trois jours plus tard il était son amant.

*

* *

Mais le danger de l'ennui avait été seulement écarté et non pas anéanti ; elle recommença à se traîner dans les chambres désertes et à guetter derrière les portes. De Paris n'arrivaient que des nouvelles contrariantes. Le roi ne répondit même pas, la Leczinski lui adressa quelques lignes glaciales au sujet de sa santé et qui évitaient soigneusement d'évoquer le moindre sentiment amical. Les pamphlets lui parurent malpropres et de mauvais goût, ils trahissaient trop l'identité de la personne dont ils émanaient et cela était de nature à détériorer sa position à la cour — dans la mesure où l'on se souvenait encore d'elle là-bas. Même la lettre de son ami Alincourt ne contenait pas un seul mot concernant son retour, pas la moindre lueur d'espoir. Elle avait l'impression d'être une morte vivante qui se réveille dans sa tombe, qui hurle et tempête et frappe contre les parois ; personne là-haut ne l'entend, les gens marchent sur la terre d'un pas léger et sa voix s'étouffe dans la solitude. Mme de Prie écrivit encore quelques lettres, mais dans le même état d'esprit que ces enterrés vifs, pleinement consciente de ne trouver aucun écho et de marteler en vain les barrières de son isolement. Toutefois cela lui permettait de tromper le temps et à Courbe-Epine le temps était son ennemi le plus cruel.

Même le jeu avec le jeune homme la lassait déjà. Elle n'avait jamais fait preuve de constance dans ses penchants (ce qui avait été la cause principale de sa chute) et les quelques mots d'amour, la gaucherie rapidement oubliée de ce garçon auquel elle avait dû, pour commencer, offrir de beaux habits, des bas de soie et des boucles de souliers ne pouvaient plus l'occuper. Son être était tellement gavé de foule qu'une seule personne lui était vite ennuyeuse et qu'elle-même, dès qu'elle était seule, se répugnait et se sentait affamée. Cela avait été un divertissement charmant de séduire ce paysan timide, d'éduquer ses caresses maladroites, de faire danser l'ours ; le posséder était gênant et pour tout dire pénible.

En outre il ne lui plaisait plus. Ce qui l'avait tant ravie, c'était la vénération qu'il avait manifestée à son égard, son dévouement, sa confusion. Mais il avait eu tôt fait de s'en débarrasser et témoignait d'une familiarité qui la rebutait. Son regard auparavant si humble avait maintenant un éclat de bien-être et de confiance en soi. Il s'étirait dans ses nouveaux vêtements et elle avait conscience qu'il se pavanait ainsi au village. Peu à peu une sorte de haine monta en elle parce qu'il devait tout cela à l'infortune qui l'accablait et à son isolement, parce qu'il était en bonne santé, qu'il dévorait avec un sentiment d'aise et de contentement alors qu'elle, dans sa colère et son humiliation, mangeait de moins en moins, maigrissait et s'affaiblissait. Il la considérait déjà tout naturellement comme sa maîtresse, ce rustre, il était enchanté de se vautrer dans le lit de sa propriété, au lieu de frémir encore en face du cadeau qui lui était dévolu. Il devenait apathique, indolent et elle, que consumaient le malheur et la honte, haïssait avec une envie amère sa repoussante satisfaction, sa cupidité paysanne et la petitesse de sa fierté. Et elle se haïssait elle-même d'être tombée si bas, d'avoir dû ouvrir les bras à une engeance aussi grossière pour ne pas périr enlisée dans les marécages de la solitude.

Elle commença à le provoquer, à le torturer. Elle n'avait jamais été véritablement méchante, mais elle éprouvait le désir de se venger sur quelqu'un de tout : du triomphe de ses ennemis, de son exil de Paris, de ses lettres sans réponse, de Courbe-Epine. Et elle ne disposait de personne d'autre. Elle s'ingénia à le piquer pour l'arracher à son bien-être repu, à lui rappeler la bassesse de sa condition, à l'humilier, à troubler son bonheur. Elle lui reprocha impitoyablement la rougeur de ses mains, son manque d'éducation, ses mauvaises manières, mais, avec le sûr instinct de l'homme, ne respectant plus la femme qui l'avait appelé une fois, il fut arrogant, rit et repoussa avec humeur ces quolibets. Elle n'abandonna pourtant pas la partie, c'était un jeu charmant, au sein de son ennui, de défier quelqu'un. Elle chercha à le rendre jaloux, elle lui parlait à tout propos de ses amants à Paris et les lui énumérait en les comptant sur ses doigts. Elle lui montra les présents qu'elle avait reçus, elle exagéra et mentit. Mais le fait qu'elle l'avait choisi après des ducs et des princes ne réussit qu'à le flatter. Il ne se départit pas de son calme, et continua de manger bruyamment. Cela ne fit que l'irriter davantage. Elle lui dit d'autres choses, bien pires encore, elle inventa des histoires avec des palefreniers, des valets de chambre. Le front du garçon finit par s'assombrir. Elle s'en aperçut, rit et poursuivit. Soudain il frappa sur la table.

« Assez ! Pourquoi me raconter tout cela ? »

Elle prit un air parfaitement ingénu.

« Parce qu'il me plaît de le faire.

— Mais moi, je ne veux pas !

— Et moi si, mon cher, autrement je ne le ferais pas. »

Il se tut et se mordit les lèvres. Elle avait un ton si autoritaire, si naturellement autoritaire, qu'il se sentit dans la situation d'un valet. Il serra les poings. Comme l'emportement le rend bestial, pensa-t-elle, et elle éprouva à la fois un sentiment de dégoût et de peur. Elle prit conscience du danger qu'il y avait dans l'air. Mais elle avait accumulé trop de fureur, il fallait qu'elle continue à le torturer. Elle reprit de plus belle :

« Quelle idée tu te fais de la vie, mon petit... Crois-tu qu'à Paris on vive comme ici dans vos tanières où l'on se consume d'ennui ? »

Ses narines palpitèrent de colère. Enfin il lâcha :

« On n'est pas forcé de venir ici si on trouve qu'on s'y ennuie trop. »

Le trait l'atteignit au plus profond d'elle-même. Ainsi il était lui aussi déjà au courant de son exil. Le valet de chambre avait sans doute claironné la nouvelle. Elle se sentit devenir plus faible depuis qu'il savait cela. Et elle chercha à masquer sa peur d'un sourire.

« Mon cher, il y a des raisons qu'on ne comprend pas, même quand on a étudié un peu de latin. De meilleures manières eussent peut-être été plus utiles. »

Il resta coi. Mais elle l'entendait écumer de rage dans son coin. Cela l'excita encore davantage, elle éprouvait une sorte de volupté à lui faire du mal.

« Regarde-toi planté là, en train de te rengorger tel un coq sur son tas de fumier ! Pourquoi souffles-tu aussi bruyamment ? Tu te comportes comme un butor.

— Tout le monde ne peut pas être prince, duc ou palefrenier. »

Il était rouge et serrait les poings, mais elle, exaspérée par son malheur, explosa :

« Silence ! Tu oublies qui je suis, je ne supporterai pas d'entendre des propos semblables de la bouche d'un rustre ! »

Il fit un geste.

« Du calme ! Sinon...

— Sinon ? »

Il se tenait devant elle avec insolence. Il lui vint alors à l'esprit qu'il n'y avait plus pour elle de « sinon ». Il n'était plus en son pouvoir d'envoyer quelqu'un à la Bastille, de le faire dégrader, exiler, elle ne pouvait plus interdire ni donner d'ordres à qui que ce fût. Elle n'était rien, elle n'était qu'une femme sans défense comme des centaines de milliers en France, à la merci de tous les affronts, de toutes les injustices.

« Sinon — elle haletait —, je te fais jeter dehors par mes gens. »

Il haussa les épaules et se retourna. Il voulait partir.

Mais elle l'en empêcha. Non, c'était à elle de lui signifier son congé, pas à lui, il n'était pas question que quelqu'un la repousse à nouveau, lui moins qu'un autre. Toute sa colère se déchaîna d'un seul coup, toute l'amertume de ces derniers jours ; comme une femme ivre elle passa à l'attaque :

« Hors d'ici ! Tu crois peut-être que j'ai besoin de toi, rustre imbécile, parce que j'ai eu pitié de toi. Va-t'en ! Ne salis pas davantage ma maison, va où tu veux, mais pas à Paris, pas chez moi. Pars ! J'ai horreur de toi, de ta cupidité, de ta niaiserie, de ton stupide contentement, tu me dégoûtes. Dehors ! »

Il se produisit à ce moment quelque chose d'inattendu. Alors qu'elle l'assaillait aussi subitement de toute sa haine, il s'était protégé de ses poings comme d'un bouclier invisible, mais maintenant ils s'abattaient sur elle en avalanche. Elle hurla tout en le regardant fixement. Mais lui la frappait sans trêve, dans sa soif aveugle de vengeance, enivré par la conscience de sa force. Il la frappa avec toute son envie de paysan face à la riche aristocrate, distinguée et intelligente, avec la haine de l'homme méprisé envers la femme, il y avait tout cela dans les coups qu'il asséna à ce corps faible qui tressaillait et se cabrait. Elle cria d'abord, puis elle geignit sourdement et enfin ce fut le silence. L'humiliation la brûlait davantage que les coups. En cette seconde, quelque chose mourut en elle. Elle se taisait, elle ressentait combien il était furieux et elle s'enfermait dans son mutisme.

Alors il s'arrêta, épuisé et effrayé de ce qu'il avait fait. Elle eut un haut-le-corps. Il crut qu'elle voulait se lever, eut peur de son regard et prit la fuite. Mais le sursaut qui l'avait agitée n'était que l'effet des pleurs réprimés qui enfin déchiraient convulsivement son corps.

C'est ainsi que de ses propres mains elle cassa son dernier jouet.

*

* *

La porte s'était depuis longtemps refermée derrière lui et elle ne bougeait toujours pas. Etendue sur sa couche comme un animal aux abois, elle poussait de légers râles et toute peur, toute sensation, toute conscience de sa douleur et de sa honte l'avaient quittée. Une immense lassitude s'était emparée d'elle, elle n'éprouvait plus ni désir de vengeance ni indignation, mais seulement cette fatigue indicible, comme si, en même temps que ses larmes, tout son sang s'était écoulé et que reposait ici son corps sans vie, inerte. Elle ne tenta même pas de se mettre debout : elle ne savait plus que faire après ce qu'elle venait de connaître.

Le soir pénétra lentement dans la chambre et elle ne s'en aperçut pas. Car discret est le soir. Il ne regarde pas effrontément aux fenêtres, comme le soleil de midi ; ainsi qu'une eau sombre il s'écoule des murs, plonge le plafond dans le néant, entraîne doucement, sans bruit, tous les objets dans ses flots. Quand elle ouvrit les yeux, les ténèbres et le silence l'entouraient, seules quelque part les aiguilles de la petite pendule trottinaient dans l'infini. Les plis des rideaux paraissaient tellement sinistres qu'on eût dit qu'une chose monstrueuse s'y cachait, les portes étaient comme enfoncées dans les murs, de sorte que la pièce alentour, plongée dans le noir, ressemblait à un cercueil cloué. Il n'y avait plus nulle part ni entrée ni sortie, tout était illimité et pourtant clos, tout était si oppressant et l'air si comprimé qu'on ne pouvait respirer qu'en râlant.

Il ne restait qu'un seul chemin, derrière elle, et il s'ouvrait sur l'inconnu : le haut miroir qui étincelait doucement dans l'obscurité, pareil à la surface d'un étang bourbeux, et où flottait, quand elle se redressa, une forme blanche. Elle se leva, fit quelques pas ; comme émergeant d'un écran de fumée, une créature fantomatique en sortit : sa propre silhouette qui s'approcha et battit rapidement en retraite.

Elle frémit. Quelque chose en elle criait son besoin de clarté. Mais elle ne voulut appeler personne, elle enflamma toute seule l'amadou et alluma l'une après l'autre les bougies du chandelier dont le bronze terne luisait faiblement sur le marbre de la console. Les flammes jaillirent, tâtonnèrent, vacillantes, dans les ténèbres, tels des individus qui quitteraient brusquement la chaleur pour entrer dans une eau froide, elles reculèrent, revinrent à l'assaut et finalement un nuage de lumière tremblante décrivit au-dessus du chandelier des cercles toujours plus larges, jusqu'au plafond. En haut, où de charmants Amours se balançaient dans l'azur sur de rapides nuages, une brume grise planait, sillonnée par les petites étincelles des flammes. Les objets semblaient avoir été tirés en sursaut de leur sommeil, ils se tenaient là, immobiles, mais derrière eux les ombres rampaient, tels des animaux nocturnes, et la remplissaient de peur.

Le miroir ne cessait de l'attirer. Là, il y avait toujours quelque chose qui bougeait quand elle tournait les yeux dans cette direction. Sinon, tout était muet et hostile autour d'elle, les objets étaient somnolents et les humains la repoussaient. Elle ne pouvait poser de questions, ou se plaindre à personne : pourtant, là-bas il y avait encore quelque chose pour lui répondre, quelque chose qui ne restait pas inerte, qui bougeait et dont le regard porté sur elle livrait une explication. Mais que pouvait-elle lui demander ? A Paris elle avait rarement cherché à savoir si elle était belle. Son miroir avait toujours été les yeux brillants des hommes qui la désiraient ; ses triomphes, ses nuits brûlantes lui avaient appris qu'en effet elle était belle et elle le lisait déjà dans l'émerveillement des gens lorsqu'elle se rendait à Versailles dans sa voiture. Elle les avait crus, même quand ils mentaient, car la confiance qu'elle avait en sa puissance faisait à elle seule sa force. Mais maintenant, après une telle humiliation, où en était-elle ?

Elle regarda avec anxiété dans la glace éclairée par les flammes vacillantes, comme si son destin y était inscrit. Elle fut prise d'effroi : était-ce vraiment elle ? Ses joues lui parurent creuses, fanées, un mauvais rictus autour des lèvres semblait la railler, ses yeux, profondément enfoncés dans leurs orbites, avaient une expression craintive, quasi suppliante. Elle se ressaisit. C'était un fantôme. Et elle sourit au miroir. Mais son sourire lui revint, glacé et ironique. Elle palpa son corps ; oui, le miroir ne mentait pas : elle était devenue maigre, d'une maigreur d'enfant, et ses bagues flottaient autour de ses doigts. Elle sentait que le sang coulait plus froid dans ses veines ; elle frémit. Tout était-il révolu, même la jeunesse ? Elle fut saisie par une envie rageuse de se tourner en dérision, elle, la femme célébrée, elle qui avait dirigé la France et, comme dans un rêve, elle se récita les vers par lesquels Voltaire lui avait dédicacé son drame, ces vers que ses adulateurs aimaient tant à répéter :

Vous qui possédez la beauté
Sans être vaine et coquette
Et l'extrême vivacité
Sans être jamais indiscrète,

Vous à qui donnèrent les Dieux
Tant des lumières naturelles,
Un esprit juste, gracieux,
Solide dans le sérieux
Et charmant dans les bagatelles *.

Chaque mot lui paraissait sarcastique et elle fixa le miroir, elle le scruta, cherchant à découvrir si celle qui était de l'autre côté ne la raillait pas.

Elle leva le chandelier pour mieux se contempler. Et plus elle le tenait près, plus il lui semblait avancer en âge. Comme si chaque minute qu'elle passait à s'y observer lui ravissait des années de son existence, elle se voyait devenir de plus en plus pâle et blafarde, de plus en plus maladive et sénile. Elle se sentait vieillir, on eût dit que sa vie s'en allait. Elle frissonna. Le miroir lui offrait la vision sinistre de son destin, de sa décrépitude et elle ne pouvait se rassasier de ce spectacle, incapable de détacher son regard du masque blanc et grimaçant de cette vieille femme qui n'était autre qu'elle-même.

Soudain les bougies vacillèrent toutes en même temps, comme saisies d'effroi, les flammes bleues paraissaient sur le point de s'envoler des mèches. Une forme sombre se tenait dans la glace, la main tendue vers elle...

Elle poussa un cri strident et, pour se défendre, lança le chandelier de bronze dans le miroir, des milliers d'étincelles en jaillirent. Les bougies tombèrent, s'éteignirent. L'obscurité se fit autour d'elle et en elle qui s'effondra, inconsciente. Elle avait vu son destin.

*
* *

Le messager qui était entré afin d'apporter les nouvelles de Paris et dont la soudaine apparition dans le

* *N.d.T.* : en français dans le texte.

cadre avait tant effrayé Mme de Prie n'aperçut que les éclairs tremblotants de la glace brisée et entendit le bruit sourd d'une chute dans le noir. Il bondit hors de la pièce et alla chercher les serviteurs. Ils trouvèrent Mme de Prie gisant sur le sol entre les éclats de verre scintillants et les bougies éteintes, les yeux fermés. Seules ses lèvres livides frémissaient et témoignaient d'un souffle de vie. On la porta dans son lit, un domestique se mit en selle et se rendit à Amfreville en quête du médecin.

Mais la malade se réveilla bientôt et elle eut de la peine à retrouver ses esprits au milieu de ces visages effrayés. Bien que ne sachant pas exactement pourquoi elle était ici, devant les autres elle surmonta sa peur et sa lassitude, ses lèvres exsangues arborèrent un sourire de commande, qui présentait déjà la rigidité d'un masque. D'une voix qui s'efforçait de paraître insouciante et presque enjouée, elle leur demanda ce qui lui était arrivé. Les serviteurs le lui rapportèrent en termes prudents et évasifs. Elle ne répondit rien, sourit et prit la lettre.

Mais elle eut peine à conserver son sourire. Son ami lui annonçait qu'il avait enfin réussi à parler au roi. Le roi était encore extrêmement fâché contre elle parce qu'elle avait ruiné les finances du pays et irrité le peuple ; il y avait cependant quelque espoir d'obtenir son retour à Paris dans deux ou trois ans. La feuille tremblait dans ses mains. Elle devrait donc vivre deux ans loin de Paris, sans pouvoir, sans rencontrer personne. Elle n'était pas assez forte pour supporter une telle solitude. C'était son arrêt de mort. Elle savait qu'il lui était impossible de respirer sans le bonheur, sans la richesse, sans la puissance, sans la jeunesse, sans amour, que jamais elle ne serait une paysanne, ici, après avoir dirigé la France.

Et soudain elle comprit ce que signifiaient la silhouette dans le miroir, les mains tendues vers elle, ainsi que l'extinction des flammes : il fallait qu'elle en finisse avant de devenir très vieille, très laide et très malheureuse. Elle ne reçut pas le médecin qui était arrivé sur ces entrefaites : le roi seul aurait pu l'aider. Il ne le voulait pas, c'était donc à elle de le faire. Cette pensée ne lui était plus douloureuse. N'était-elle pas déjà morte depuis longtemps, depuis le jour où l'officier, dans son salon, lui avait enlevé tout ce qui était sa vie : l'air de Paris, le seul dans lequel elle pouvait respirer, la puissance, qui était son jouet, l'admiration et le triomphe, auxquels elle était redevable de sa force ? La femme solitaire, humiliée, qui traînait son ennui dans des chambres vides n'était plus Mme de Prie, c'était une créature vieillissante, infortunée et hideuse qu'elle se devait de tuer afin qu'elle ne déshonorât pas davantage le nom qui avait autrefois resplendi au-dessus de la France.

*

* *

Depuis que l'exilée avait pris la résolution de mettre fin à ses jours, la sensation de rigidité, de pesanteur, l'inquiétude obsédante s'étaient dissipées d'un seul coup. Elle avait à nouveau un but, une occupation, quelque chose qui la tenait en haleine, qui tendait ses forces et qui la séduisait par toute une gamme de possibilités. Car elle ne voulait pas disparaître ici comme un animal qui expire en râlant dans un coin. Elle avait en vue quelque projet mystique qui entourerait sa mort d'un halo de mystère. Elle voulait une fin héroïque, légendaire, à l'instar des reines de l'Antiquité. Sa vie avait été étincelante ; il devait en être de même pour son trépas, il fallait qu'il réveille, une fois encore, l'admiration assoupie de tous. A Paris personne ne devait se douter qu'elle périssait en ces lieux dans les tourments, étouffée par la solitude et la disgrâce, consumée par un désir de puissance inassouvi, elle voulait tous les duper par une ultime comédie. Le grand plaisir de son existence, celui de tromper, lui fit à nouveau violemment battre le cœur. Elle voulait expirer, comme par l'effet du hasard, dans un flamboiement d'allégresse et non s'éteindre dans les tressaillements d'une bougie hors d'usage qui se plie sur elle-même et qu'on écrase avec pitié. Elle voulait descendre dans l'abîme en dansant.

Le lendemain, un grand nombre de billets s'envola de son bureau, implorants, séducteurs, tendres, impérieux, pleins de promesses, et délicatement parfumés. Elle déversa ses invitations sur Paris et sur la province, elle flatta les goûts de chacun, offrant une chasse à celui-ci, un jeu à celui-là, un bal masqué à un troisième. Elle fit engager à Paris, par l'intermédiaire de ses agents, des comédiens, des chanteurs et des danseurs, commanda des costumes coûteux, proclama la naissance d'une deuxième cour en France avec tous les raffinements et les divertissements de Versailles. Elle attira et invita étrangers et connaissances, petits et grands : tout ce qu'elle voulait c'était des gens, beaucoup de gens, de nombreux spectateurs en vue de la comédie du bonheur et du contentement qu'elle avait l'intention de jouer, avant que sa fin n'arrive.

Bientôt une nouvelle vie commença à Courbe-Epine. La société de Paris, toujours avide de plaisirs, s'y rendit en quête de nouveauté. Tous étaient animés en outre par la curiosité secrète et quelque peu teintée d'ironie de voir comment la souveraine déchue de la France s'accommodait de son exil. Une fête succéda à l'autre. Il vint des carrosses armoriés, de grandes calèches remplies d'une foule exubérante, des officiers à cheval, tous les jours de nouveaux invités affluaient et avec eux une multitude de parasites et de domestiques. Certains avaient amené des costumes de berger comme pour un divertissement champêtre, d'autres arrivaient en grande pompe ; le petit village ressemblait à un campement.

Et le château se réveilla, à présent il resplendissait fièrement, toutes ses fenêtres illuminées, car il était animé de rires, de paroles, de jeux et de musique. Des gens allaient et venaient, des couples chuchotaient dans les coins auparavant enfouis dans la grisaille du silence. Des robes de femmes aux couleurs claires et variées faisaient des taches lumineuses dans l'ombre des bosquets. Des cordes de mandolines, vibrantes et joyeuses, s'envolaient dans la nuit des chansons hardies. Des serviteurs couraient dans les couloirs, des fleurs encadraient les fenêtres, des lumières multicolores étincelaient dans les buissons. C'était la vie facile de Versailles, la grâce légère de l'insouciance. L'absence de la cour atténuait certes quelque peu l'éclat de ces fêtes mais elle accroissait l'exubérance qui, libre de toute étiquette, incitait les gens à danser.

Mme de Prie sentit que, au milieu de ce tourbillon, son sang figé recommençait à circuler avec plus d'ardeur. Elle faisait partie de cette race de femmes, assez courante, modelées par l'humeur des autres. Elle était belle quand on la désirait, spirituelle avec les personnes intelligentes, orgueilleuse quand on la flattait, amoureuse quand on l'aimait. Plus on attendait d'elle, plus elle se montrait généreuse. Mais dans son isolement où personne ne la voyait, ne lui parlait, ne l'écoutait, ne la réclamait, elle était devenue laide, sotte, impuissante et malheureuse. Seule la vie la rendait vivante, dans la solitude elle n'était plus qu'une ombre. Et maintenant, au milieu de ce bourdonnement qui lui rappelait son existence passée, toute sa gaieté, toute sa grâce insouciante resurgissaient, étincelantes, de nouveau elle était spirituelle, aimable, charmante, diserte, elle s'enflammait au feu des regards qui s'attachaient à elle. Oubliant que son enjouement ne visait qu'à tromper ces gens, elle éprouvait une exubérance réelle, chaque sourire lui était un bonheur, chaque parole une vérité, elle se précipitait fébrilement dans les délices des mondanités dont elle était privée depuis si longtemps comme dans les bras d'un amant.

Elle donna à ces réceptions un caractère de plus en plus effréné, elle fit venir, attira toujours plus de monde. Et il en arriva toujours plus. Car si, après la banqueroute de Law, le pays était appauvri, elle dilapidait pour sa part à pleines poignées les millions qu'elle avait extorqués pendant sa Régence. L'argent roulait sur les tables de jeu, s'évanouissait dans les crépitations de coûteux feux d'artifice, disparaissait pour satisfaire des caprices exotiques, elle le jetait par les fenêtres avec une frénésie sans cesse accrue, comme une désespérée. Devant le gaspillage et la magnificence de ces festivités les invités étaient ébahis : personne ne savait en l'honneur de qui elles avaient lieu. Et, prise dans la fureur de ce tourbillon, elle en vint presque à l'oublier elle-même.

*
* *

Pendant tout le mois d'août, les fêtes battirent leur plein. Et puis ce fut septembre avec ses fruits colorés au front des arbres et ses nuages vespéraux entrelacés d'or. Déjà les hôtes se raréfiaient, le temps pressait.

Mais, au milieu de toutes ces réjouissances, Mme de Prie avait presque complètement perdu de vue son dessein. Elle avait voulu duper les autres, les enivrer par son faste, et c'est elle-même qu'elle avait dupée, sa frivolité se laissa si bien prendre à cette image de sa vie d'autrefois qu'elle la considéra comme la réalité et se crut puissante, belle, heureuse de vivre.

Certes quelque chose avait changé et cela lui était douloureux. Tous les gens étaient plus aimables envers elle depuis qu'elle n'était plus rien, ils étaient plus chaleureux et en même temps plus indifférents. Les femmes ne l'enviaient plus, ne lui lançaient plus de pointes, les hommes ne se pressaient plus autour d'elle. On riait avec elle, on la traitait en bonne camarade, mais on ne feignait plus de l'aimer, on ne quémandait pas, on ne flagornait pas, on ne l'attaquait pas et à tout cela elle sentait qu'elle avait perdu son pouvoir. Une existence sans jalousie, sans haine, sans mensonge n'était pas digne d'être vécue. Elle reconnut avec effroi qu'au fond, on l'avait déjà oubliée : le tourbillon des plaisirs continuait toujours avec la même frénésie mais elle n'en était plus le centre. Les hommes plaisantaient avec les autres femmes dont elle constatait pour la première fois la jeunesse et la fraîcheur : il était temps de se rappeler au souvenir du monde avant qu'elle ne soit vieille, avant qu'elle ne leur devienne étrangère.

Elle repoussa de jour en jour la mise à exécution de son projet. Elle oscillait entre la peur et l'espoir que quelque chose l'empêche d'agir, d'accomplir ce saut désespéré dans l'irrévocable. Parmi toutes ces mains occupées à se servir à sa table, à enlacer les femmes dans la danse, à faire rouler l'or sur les tables de jeu, ne s'en trouverait-il pas une capable de la retenir, désireuse de la retenir ? N'y avait-il personne qui l'aimât assez pour qu'elle pût se passer en toute quiétude du spectacle varié de tous ces gens, pour qu'il pût remplacer la possession précaire du pouvoir royal ? A son insu elle chercha, elle quêta la passion auprès de tous les hommes, car c'était sa vie qui en dépendait. Mais tous l'ignorèrent.

Un jour elle rencontra un jeune capitaine de la garde du roi, un joli garçon enjoué qu'elle avait déjà remarqué dans le parc au crépuscule, déambulant, les yeux chavirés et les dents serrées, au milieu des arbres dont il frappait parfois le tronc de ses poings. Elle l'aborda. Il répondit avec embarras, elle comprit qu'une pensée secrète l'inquiétait et tenta de découvrir les causes de son désespoir. Finalement il avoua qu'il avait perdu au jeu cent louis d'or que le régiment lui avait confiés. Il était devenu un voleur et devait se faire justice lui-même. Quel étrange avertissement ce fut pour elle de savoir qu'ici, au sein de cette gaieté tumultueuse, se trouvait quelqu'un qui avait pris la même funeste résolution qu'elle ! Mais, il est vrai, celui-ci était jeune, il avait les joues roses et pourrait à nouveau rire : il existait un remède à son mal. Elle le fit venir dans sa chambre et lui offrit cinq cents louis d'or. Il tremblait de bonheur et lui baisa les mains. Elle le retint longtemps mais aucun de ses regards ou de ses gestes ne trahissait le moindre désir d'elle. Elle tressaillit : elle ne pouvait même plus acheter l'amour. Cela la renforça dans sa décision.

Elle le congédia et descendit rapidement dans la salle. Des éclats de rire résonnèrent à ses oreilles quand elle ouvrit la porte, une nuée de voix joyeuses, une foule bigarrée remplissaient la pièce. Soudain elle sentit monter en elle une vague de haine envers tous ces gens qui étaient si gais, qui dansaient et riaient sur sa tombe. Le dépit la saisit à la pensée qu'ils continueraient tous à vivre contents.

L'envie maligne de les déranger, de les effrayer, de les troubler, de leur faire rentrer le rire dans la gorge la consumait. Et brusquement, lorsque l'espace d'une seconde la joie bruyante se relâcha pour faire place au silence, elle lança sans détour : « Ne vous êtes-vous donc pas aperçus qu'il y avait un mort dans la maison ? »

Pendant un instant ce fut le désarroi. Car même chez un homme ivre, le mot « mort » fait l'effet d'un coup en plein cœur. Les questions fusèrent dans la plus grande confusion. Mais Mme de Prie déclara froidement, sans sourciller : « Il s'agit de moi, je ne verrai pas l'hiver ! »

Elle affirma cela d'un air si sérieux, si sombre que tous se regardèrent, muets. Cela ne dura qu'un instant il est vrai. Puis, d'un coin de la salle, une plaisanterie fut lancée, telle une balle, un autre la renvoya et, comme animée par cette inspiration étrange, la vague d'exubérance enfla à nouveau, engloutissant dans ses eaux écumantes le malaise lié à la stupéfaction initiale.

Mme de Prie resta très calme. Elle sentit que désormais aucun retour en arrière n'était possible. Mais l'idée de donner une forme encore plus stupéfiante à la prophétie l'excita. Elle s'approcha d'une des tables rondes où l'on jouait au pharaon et attendit de connaître la prochaine carte retournée. Ce fut un sept noir. « Donc, le sept octobre. » Involontairement elle avait parlé à mi-voix.

« Que va-t-il se passer le sept octobre ? » demanda quelqu'un qui suivait la partie à côté d'elle.

Elle le regarda calmement : « Ce sera le jour de ma mort ! »

Tous éclatèrent de rire. La plaisanterie circula. Et Mme de Prie éprouva un plaisir immense lorsqu'elle constata que personne ne la croyait. Ainsi de son vivant on avait perdu toute estime pour elle ; ils devraient pourtant bien, quand elle ne serait plus, reconnaître quelle comédie détestable elle leur avait jouée. Une sensation merveilleuse de joie, de légèreté, de supériorité faisait tressaillir ses membres. Elle était prête à exulter d'orgueil et de dédain.

On entendait de la musique dans la pièce voisine. Une danse venait de commencer. Elle se mit dans les rangs. Jamais elle ne dansa aussi bien que ce jour-là.

*

* *

A partir de cette minute sa vie retrouva un sens. Elle savait qu'elle préparait une action qui devait la rendre immortelle. Elle se représentait l'étonnement du roi, l'effroi des hôtes quand la prévision de sa mort se vérifierait au jour près. Et elle mit au point avec le plus grand soin la mise en scène macabre. Elle fit venir de plus en plus de monde, redoubla de faste. Elle peaufina comme une œuvre d'art la splendeur multiple de ces derniers jours, afin de rendre le plus visible possible la brutalité de sa fin. Elle saisissait toutes les occasions pour rappeler la prédiction de sa mort mais la recouvrait toujours d'un rideau scintillant de plaisirs, elle voulait que chacun fût au courant de ce présage tout en n'y accordant aucun crédit. Seul le trépas devait à nouveau élever son nom au rang de ceux qu'on ne peut pas oublier, ce rang d'où le roi l'avait fait déchoir.

Deux jours avant la mise à exécution de son irrévocable décision elle donna sa dernière fête, la plus somptueuse de toutes. En France, l'orientalisme était à la mode depuis la première visite à Paris des ambassadeurs de Perse et d'autres pays islamiques. On écrivait des livres à la manière orientale, on traduisait les contes et les légendes, on aimait à se déguiser à la mode arabe et on imitait le style fleuri des discours. Mme de Prie avait dépensé des sommes énormes pour faire transformer tout le château en un palais d'Orient. De précieux tapis ornaient le sol, sur leur perchoir au bord des fenêtres se balançaient des perroquets criards, des cacatoès au plumage blanc, retenus par des chaînes d'argent. Les serviteurs enturbannés, vêtus d'amples pantalons de soie, s'affairaient en silence dans les couloirs, offrant aux invités éblouis par un faste si extravagant des boissons fraîches et des friandises turques, alors totalement inconnues. Dans le jardin on avait dressé des tentes colorées, des petits garçons agitaient de larges éventails, de la musique s'échappait de l'obscurité des bosquets. Tout avait été mis en œuvre pour rendre cette soirée féerique et inoubliable, et le croissant de lune argenté qui, cette nuit-là, flottait dans le ciel constellé d'étoiles contribuait à parfaire l'illusion de la mystérieuse touffeur d'une nuit sur le Bosphore.

Mais la véritable surprise provenait d'une tente particulièrement spacieuse qui renfermait une scène de théâtre aux rideaux de velours rouge. Pour apparaître à l'assistance dans toute la splendeur de sa gloire, de sa beauté, Mme de Prie avait décidé de jouer elle-même la comédie : ce devait être sa dernière, sa plus belle duperie que de présenter encore une fois aux gens, avant sa mort, l'image radieuse de la gaieté et de la frivolité de son existence. Au cours des quelques jours qui lui restaient à vivre, elle avait commandé à un jeune poète une pièce de théâtre qu'il dut rédiger en respectant strictement ses indications. Il avait manqué de temps et les alexandrins étaient mauvais, mais ce n'était pas l'essentiel pour elle. La tragédie se passait en Orient, elle s'était attribué le rôle de Zengane, une jeune reine à qui l'ennemi enlève son royaume et qui marche fièrement au trépas bien que le vainqueur magnanime lui propose de l'épouser et de partager son pouvoir royal. C'était là ce qu'elle avait imaginé : elle désirait offrir à ce public inconscient le spectacle de sa mort volontaire avant de se la donner vraiment. De plus elle voulait, ne serait-ce qu'en jouant, revivre une dernière fois son passé, être encore une fois reine, elle voulait montrer qu'elle était née pour régner et qu'il lui fallait périr dès l'instant où elle était privée de la puissance.

Elle mit tout son amour-propre à être belle et royale lors de cette ultime soirée où on la verrait, elle souhaitait orner à jamais son image d'une couronne invisible, associer à son nom ce frisson de pure vénération qu'inspire tout ce qui est sublime. Le fard masquait la pâleur de ses joues creuses, sa maigreur disparaissait sous d'amples vêtements orientaux, ses yeux fatigués scintillaient du troublant éclat emprunté aux pierres précieuses qui rayonnaient dans sa chevelure comme, par un matin humide, la rosée sur une fleur sombre. Et lorsque le rideau s'ouvrit dans un bruissement et qu'elle apparut ainsi, dans une splendeur encore infiniment accrue par la passion qui l'habitait, entourée de serviteurs agenouillés, du peuple qui la regardait avec un étonnement respectueux, un frémissement parcourut les rangs de ses hôtes. Son cœur battait : pour la première fois depuis ces semaines amères elle sentait déferler vers elle cette belle vague d'admiration qui avait été si longtemps le support de son existence et un sentiment merveilleux s'empara d'elle : une légère tristesse mêlée de joie mélancolique, un regret qui sans cesse refluait pour laisser la place au bonheur. Devant elle c'était comme des flots qui se brisaient, elle ne voyait plus les hommes un à un, ce n'était qu'une masse, peut-être ses invités, peut-être la France entière, peut-être la postérité, peut-être l'éternité. Et dans sa félicité, elle ne comprenait qu'une seule chose : elle était au sommet, encore une fois au sommet, enviée, admirée, resplendissant de la curiosité de tous ces regards anonymes et enfin, enfin, au bout de combien de temps !, elle était à nouveau consciente de vivre, d'être vivante. Et la mort n'était pas un prix trop élevé pour cette seconde de vie.

Elle, qui ne s'y était jamais essayée, joua merveilleusement, car tout ce qui empêche les autres d'exprimer des sentiments devant leurs semblables, la peur, l'angoisse, la pudeur, la timidité, tout ceci l'avait quittée : n'était-elle pas habituée à jouer ? Elle voulait être reine et l'espace d'une heure le redevint. A un seul moment le souffle lui manqua, lorsqu'elle dit ce vers :

« *Je vais mourir, oh ne me plaignez pas !* * », car elle s'aperçut qu'elle exprimait là son désir le plus profond et elle redoutait qu'on ne la perce à jour, qu'on ne la comprenne, qu'on ne la mette en garde et ne la retienne. Mais précisément la pause qui suivit ce cri parut si irrésistiblement crédible à l'assistance qu'un frisson parcourut les rangs. Et quand, dans un geste sauvage, elle retourna le poignard contre son cœur, s'effondra et expira dans un sourire, quand prit fin le jeu qui en réalité ne faisait que commencer, tous se levèrent d'un bond, l'acclamèrent et lui ren-

* *N.d.T.* : en français dans le texte.

dirent hommage avec un enthousiasme qu'elle n'avait pas connu, même au faîte de sa puissance.

Elle ne porta qu'un regard amusé sur tout ce tumulte. Lorsqu'on la complimenta pour sa magistrale interprétation du trépas de Zengane, elle répondit avec calme : « Devrais-je encore ignorer aujourd'hui comment on meurt ? La mort est déjà en moi, après-demain tout sera fini. »

Les rires reprirent. Mais à présent cela ne lui faisait plus mal. Elle avait si bien su se libérer de toute douleur, il y avait en elle une telle sérénité, une telle jubilation enfantine à l'idée d'avoir trompé ces spectateurs enthousiasmés qu'à son insu elle se rallia à cette gaieté. Jusque-là elle n'avait toujours joué qu'avec les hommes et avec le pouvoir, maintenant elle se rendait compte qu'il n'était pas de jouet plus amusant que la mort.

*
* *

Le lendemain, le dernier jour qu'il lui restait à vivre, les invités se dispersèrent : elle voulait être seule pour accueillir le trépas. Le roulement des carrosses soulevait au loin des nuages de poussière blanche, les cavaliers partirent au trot, les rires et les lumières avaient déserté les salles, un vent tapageur rôdait comme un fantôme dans la cheminée. Avec le départ de ses hôtes, c'était comme si son sang s'échappait lentement de ses veines, elle se sentait de plus en plus glacée, de plus en plus faible, désarmée et angoissée. La mort, qu'il lui semblait hier si facile de considérer comme un jeu, lui apparut soudain dans toute son horreur et sa violence maintenant qu'elle était redevenue solitaire.

Et tout ce qu'elle croyait dompté, foulé aux pieds, se ranima. Le dernier soir arriva : à nouveau, tels des serpents, les ombres qui, effrayées par la clarté, étaient restées tapies derrière les meubles, sortirent de leurs repaires en dardant leur langue. L'effroi qui avait été étouffé par la gaieté, fardé par les images colorées de la foule, reprit possession des pièces désertées. Le silence n'avait fait que courber l'échine sous le flux de paroles : maintenant, pareil à de la brume, il se redéployait, remplissait chambres, salles, escaliers, couloirs et jusque son âme frémissante.

Elle aurait préféré mettre immédiatement fin à ses jours. Mais elle avait choisi le sept octobre et n'avait pas le droit de ruiner son imposture, de démolir, pour une lubie, l'édifice ingénieux et flamboyant de son triomphe, bâti sur tant de mensonges. Elle devait attendre. Mais cette attente de l'heure fatale, tandis que dehors le vent soufflait, ironique, et qu'ici des ombres noires lui serraient le cœur, était pire que la mort. Comment allait-elle pouvoir supporter cette ultime nuit, si longue, avant le trépas, ce temps infini jusqu'à l'aurore ? Dans l'obscurité les objets se pressaient de plus en plus autour d'elle, pareils à des fantômes, tous les spectres de sa vie passée sortaient de leurs tombes — elle cherchait à leur échapper de chambre en chambre — mais ils la regardaient fixement du haut de leurs cadres, ils grimaçaient derrière les fenêtres, ils la guettaient, tapis derrière les armoires. Les morts se saisissaient déjà de celle qui était encore de ce monde et qui réclamait des êtres vivants, des êtres vivants rien que pour cette nuit. Il lui fallait quelqu'un, n'importe qui, pour la réchauffer ainsi qu'un manteau dans lequel elle se serait enveloppée jusqu'à ce que vienne le matin.

Soudain elle tira si fort sur la sonnette que la cloche émit un cri perçant pareil à celui d'un animal blessé. Un valet monta, ivre de sommeil. Elle lui commanda de se rendre sur-le-champ auprès du neveu du curé, de le réveiller et de l'amener ici. Elle avait une nouvelle importante pour lui.

Le serviteur la contempla comme si elle était folle. Mais elle ne le remarqua pas, elle ne remarquait rien du tout, tout sentiment s'était éteint en elle. Elle n'éprouvait aucune honte à appeler celui qui l'avait frappée, elle n'hésita pas devant le domestique à faire venir la nuit un homme dans sa chambre à coucher. Il n'y avait en elle que vide et froid, elle se rendait compte que son pauvre organisme frissonnant avait besoin de chaleur pour ne pas geler. Son âme était déjà morte : il ne lui restait plus qu'à tuer son corps.

Au bout d'un certain temps la porte s'ouvrit. Son ancien amant entra. Le regard du jeune homme était froid et sarcastique, il lui parut indiciblement étranger. Et pourtant l'angoisse recula un peu derrière les meubles à présent qu'il pénétrait dans la pièce et qu'elle n'était plus seule avec eux.

Il s'efforça de se montrer très assuré et de ne pas trahir son profond étonnement devant cette invitation tout à fait inopinée. Des jours entiers, alors que les fêtes au château battaient leur plein, il avait erré autour des grilles du parc, les yeux plissés par la colère ; il s'était accablé de reproches pour n'avoir pas pu, en sa qualité d'amant, évoluer au milieu de toute cette splendeur. Il se consumait de rage au souvenir de l'humiliation qu'il lui avait fait subir, car à la vue de ces festins et de cette prodigalité, il avait à nouveau compris la toute-puissance de la richesse dont il avait négligé de profiter. De plus, les heures qu'il avait passées avec Mme de Prie lui avaient donné l'envie de ces femmes élégantes, parfumées, dépravées, de leurs membres délicats et fragiles, de leur volupté étrangement excitante, de leurs robes de soie froufroutantes. Et c'était par sa propre faute qu'il s'était retrouvé dans le misérable presbytère où subitement tout lui avait semblé grossier, sale et vieux. Son désir une fois éveillé, il avait porté le regard sur toutes les femmes qui venaient de Paris, mais aucune ne lui prêtait attention, les roues de leurs carrosses l'éclaboussaient avec mépris et les grands seigneurs ne le remarquaient même pas quand il se découvrait devant eux d'un air soumis. A des centaines de reprises il avait été tenté d'aller au château et de se jeter aux pieds de Mme de Prie, mais la crainte l'avait retenu.

Or voilà qu'elle le faisait appeler et cela le remplissait d'orgueil. Tout son être se redressait : elle avait de nouveau besoin de lui, enfin, c'était l'heure la plus glorieuse de sa vie.

Ils s'observèrent pendant quelques instants. Ils pouvaient à peine dissimuler la haine qui luisait dans leurs yeux. Chacun à ce moment méprisait l'autre, bien décidé qu'il était à abuser de lui. Mme de Prie se maîtrisa. Sa voix était glaciale.

« Le duc de Berlington m'a demandé hier de lui recommander un secrétaire. Si tu veux la place, je t'envoie demain à Paris avec une lettre pour lui. »

Le garçon ne put réprimer un frisson. Il avait déjà préparé un geste altier, il s'apprêtait à se montrer indulgent, condescendant, au cas où elle rechercherait ses faveurs. A présent tout cela s'effondrait. Il fut subjugué par la convoitise. Devant lui Paris brillait de tous ses feux.

« Si Madame avait cette bonté — je... je ne connaîtrais pas de plus grand bonheur », balbutia-t-il. Ses yeux implorants avaient une expression de chien battu.

Elle acquiesça. Puis elle le regarda : d'un air hautain, qui pourtant se radoucit aussitôt. Il comprit. Tout recommença comme naguère...

Pas une seconde de cette nuit brûlante elle n'oublia qu'elle le haïssait, le méprisait, le trompait — car il n'existait aucun duc de Berlington — elle se savait misérable d'avoir dû acheter par un mensonge les caresses d'un homme. Mais, quoi qu'il en soit, c'était la vie, la vraie vie qu'elle éprouvait dans les membres de l'autre, qu'elle buvait à ses lèvres, et non les ténèbres, le silence qui déjà cherchaient à s'emparer d'elle. Elle se rendait compte que la chaleur de sa jeunesse faisait reculer la mort, tout en étant consciente à chaque seconde qu'elle cherchait seulement à duper cette mort qui se rapprochait de plus en plus et dont elle pressentait pour la première fois la violence.

*
* *

La matinée du sept octobre fut limpide, le soleil frémissait au-dessus des champs et même les ombres étaient transparentes et pures. Mme de Prie se vêtit avec soin, comme pour une fête, mit de l'ordre dans ses affaires, brûla des lettres. Elle enferma ses bijoux, qui étaient infiniment précieux, dans une cassette d'ébène, déchira toutes les reconnaissances de dette et autres contrats. Son être entier avait retrouvé sa stabilité et sa clarté et elle voulait qu'il en fût de même en toutes choses.

Son amant entra. Elle s'adressa à lui sur un ton cordial, sans aigreur : elle souffrait de duper d'une façon si pitoyable le dernier être humain qui avait tenu une place, si infime fût-elle, dans son existence. Elle voulait que personne ne puisse parler d'elle avec ressentiment, que chacun le fasse avec admiration et reconnaissance. Et elle eut envie de déverser entre ses mains le contenu de la cassette pour prix de cette nuit : cela représentait une fortune.

Mais il était mou et endormi. Dans sa cupidité de paysan il ne pensait à rien d'autre qu'à sa situation, son avenir. Et le souvenir de l'ardeur passionnée de ses caresses ne fit que le rendre plus insolent. Il dit avec humeur qu'il lui fallait se rendre sur-le-champ à Paris, que sinon il arriverait peut-être trop tard et il exigea, plutôt qu'il ne le demanda, son mot de recommandation. Elle fut saisie d'un froid glacial. Elle avait loué ses services : à présent il réclamait ses gages.

Elle écrivit la lettre, la lettre pour quelqu'un qui n'existait pas, qu'il ne pourrait jamais trouver. Mais elle hésitait encore à la lui remettre. Elle repoussa à nouveau sa décision. Elle lui demanda s'il ne voulait pas rester jusqu'au lendemain, cela lui ferait grand plaisir. En parlant elle soupesait la cassette dans sa main. S'il acceptait, elle pourrait peut-être encore être sauvée. Mais en un instant tout fut résolu. Il était pressé. Il ne voulait pas. S'il n'avait pas répondu si brusquement, en lui faisant si bien sentir qu'il ne s'était laissé acheter que pour une nuit, elle lui aurait offert les bijoux qui valaient des centaines de milliers de livres. Mais il était brutal, son regard était insolent et sans amour.

Elle prit alors une seule pierre précieuse, toute petite, qui brillait d'un éclat terne — terne comme les yeux de son amant —, et la lui donna pour le récompenser de remettre la cassette, dont il n'imaginait pas le contenu, au couvent des Ursulines à Paris. Elle ajouta une lettre où elle demandait de faire dire des messes pour le repos de son âme. Puis elle envoya le jeune homme qui bouillait d'impatience auprès du duc de Berlington.

Après un vague remerciement il partit, sans se douter du prix de ce qu'il emportait et qui lui échappait par sa faute. C'est ainsi qu'après avoir joué pour tous la comédie des sentiments elle trompa encore la dernière personne qui avait croisé son chemin.

Ensuite elle ferma la porte et sortit à la hâte d'un coffre un petit flacon en fine porcelaine de Chine, sur lequel s'entortillaient des dragons bleus étranges et monstrueux. Elle l'examina longuement et se mit à jouer avec, aussi insouciante que lorsqu'elle jouait avec les hommes, les princes, avec la France, l'amour et la mort. Elle dévissa le bouchon, versa le liquide clair dans une coupelle. Elle hésita un moment, retenue simplement, en vérité, par la crainte enfantine d'une éventuelle amertume. Comme un chaton qui flaire du lait chaud, elle trempa précautionneusement le bout de sa langue : non, cela n'avait pas mauvais goût. Et elle avala le breuvage d'un seul trait.

En cette seconde tout lui apparut d'une certaine façon drôle et infiniment ridicule : une simple gorgée suffisait et le lendemain on ne voyait plus les nuages, les prairies et les forêts, les messagers couraient, le roi était saisi d'effroi et la France entière était stupéfaite. C'était donc là le haut fait qu'elle avait tellement redouté ! Elle pensa à l'étonnement de ses invités, aux légendes qu'on associerait à sa prédiction de la date exacte de son décès. Il n'y avait qu'une chose qu'elle n'avait pas comprise : elle n'avait en réalité mis fin à ses jours que parce que les hommes lui manquaient, ces mêmes hommes naïfs, stupides, qu'on pouvait tromper avec une comédie si pitoyable. Le trépas lui semblait chose simple, on pouvait même sourire, vraiment — elle s'y essaya —, on pouvait parfaitement sourire et ce n'était pas difficile du tout de présenter dans la mort un beau visage paisible, rayonnant d'un bonheur surnaturel. De fait on pouvait jouer encore par-delà le trépas la comédie de la félicité, elle le découvrait à présent. Tout lui parut soudain si amusant, les hommes, le monde, la mort et la vie, que, à son insu, sur ses lèvres frivoles le sourire qu'elle avait préparé devint vrai. Elle se redressa, comme si quelque part en face d'elle il y avait un miroir, elle attendit la fin et elle sourit, sourit...

*

* *

Mais la mort ne se laissa pas abuser et détruisit le rire. Lorsqu'on découvrit Mme de Prie, son visage était déformé par une grimace effroyable : on pouvait y lire, férocement inscrites, toutes les souffrances qu'elle avait effectivement éprouvées au cours de ces dernières semaines, la rage, le tourment, la peur insensée, la douleur sauvage et désespérée. Le sourire mensonger qu'elle s'était tant ingéniée à conserver s'était évanoui. Ses pieds s'étaient tordus sous l'effet de la torture des convulsions, ses mains s'étaient agrippées si fort à un rideau que des lambeaux d'étoffe lui étaient restés entre les doigts, sa bouche était béante, comme prête à pousser un cri strident.

La mise en scène de son apparente gaieté, l'annonce mystique du jour de sa mort furent également peine perdue. La nouvelle de son suicide parvint à Paris le soir même où un prestidigitateur italien montrait ses talents à la cour. Il faisait disparaître des lapins dans un chapeau, sortir des oies de coquilles d'œuf. Quand l'affaire fut rapportée, on s'émut un peu, on s'étonna, on chuchota ; pendant quelques minutes le nom de Mme de Prie vola de bouche en bouche, mais l'illusionniste était juste en train de produire un nouveau tour d'adresse surprenant et on oublia Mme de Prie, de la même façon qu'elle-même se serait empressée d'oublier à l'instant un destin étranger. L'intérêt que la France porta à sa curieuse fin ne dura pas longtemps et ses efforts désespérés pour jouer une comédie inoubliable furent vains. La gloire à laquelle elle aspirait, l'immortalité qu'elle voulait obtenir de force au prix de sa vie ne s'attachèrent pas à son nom : son sort fut enseveli sous la poussière et les gravats d'événements sans importance. Car l'histoire ne tolère aucun intrus, elle choisit elle-même ses héros et rejette sans pitié les êtres qu'elle n'a pas élus, si grande soit la peine qu'ils se sont donnée. Qui est tombé du char de la fortune ne peut plus jamais le rattraper. Et de la fin singulière de Mme de Prie, de sa véritable existence, de la mystification si ingénieuse de sa mort, il n'est rien resté que quelques lignes sèches dans un quelconque livre de souvenirs qui ne permettent pas davantage de deviner l'agitation passionnée de sa destinée qu'une fleur séchée ne ressuscite le merveilleux parfum d'un printemps depuis longtemps évanoui.

UN MARIAGE À LYON

Le douze novembre 1793, Barère présenta à la Convention nationale, contre Lyon séditieuse et reconquise enfin, ce décret meurtrier dont la conclusion lapidaire était : « Lyon fit la guerre à la liberté, Lyon n'est plus. » Il exigeait que les bâtiments de la cité insurgée soient rasés, que ses monuments soient réduits en cendres et qu'elle perde jusqu'à son nom. La Convention hésita huit jours avant de donner son accord à l'anéantissement de la deuxième ville de France, et même après la ratification, le député Couthon, certain de l'approbation secrète de Robespierre, ne mit que fort peu de zèle à exécuter des ordres dignes d'Erostrate. Pour satisfaire aux apparences il rassembla en grande pompe la population sur la place Bellecourt et il désigna symboliquement, en les frappant d'un marteau d'argent, les maisons vouées à la démolition, mais les pelles n'attaquèrent que timidement les magnifiques façades et l'on entendait encore en de rares occasions le grondement sourd de la guillotine. Rassurés par cette clémence inattendue, après les bouleversements causés par la guerre civile et par un siège de plusieurs mois, les habitants commençaient à reprendre timidement espoir lorsque soudain le tribun humain et plein de scrupules fut rappelé et qu'à sa place firent leur apparition dans Ville Affranchie (c'est ainsi que s'appelait désormais Lyon selon les décrets de la

République) Collot d'Herbois et Fouché, parés de l'écharpe des délégués du peuple. Du jour au lendemain ce qu'on ne croyait être qu'une formule grandiloquente destinée à faire peur se transforma en une horrible réalité. « Rien n'a été fait ici jusqu'à présent », tel fut le premier rapport adressé à la Convention par les nouveaux tribuns, impatients de démontrer leur propre ardeur patriotique et de faire incriminer leur prédécesseur moins zélé. Aussitôt commencèrent les terribles exécutions dont Fouché, le « mitrailleur de Lyon », n'aimera guère s'entendre rappeler le souvenir une fois qu'il sera duc d'Otrante et défenseur de la Légitimité.

A la pelle qui s'attaquait sans hâte au mortier succéda désormais la poudre dont les explosions détruisaient en série les plus somptueux édifices, la guillotine jugée « peu sûre et insuffisante » fut remplacée par des fusillades massives et des tirs de mitraille qui, d'une salve, venaient à bout de centaines de condamnés. Aiguisée par des arrêtés sans cesse nouveaux et plus tranchants, telle une faux maniée avec vigueur, la justice moissonnait jour après jour une gigantesque gerbe humaine, depuis longtemps déjà les flots rapides du Rhône se chargeaient de la besogne trop lente de la mise en bière et de l'ensevelissement, depuis longtemps les prisons ne suffisaient plus à contenir la foule des suspects. Les caves des bâtiments publics, écoles et couvents furent ainsi utilisées pour loger les condamnés, de façon fort passagère il est vrai, car la faux s'abattait vite et il était rare que la paille réchauffât le même corps plus longtemps qu'une seule nuit.

Au cours d'une journée glaciale de ce mois sanglant on avait amené un nouveau convoi dans les caves de la mairie en vue d'un de ces séjours communs d'une brièveté si tragique. A midi on avait fait comparaître les prisonniers l'un après l'autre devant les commissaires et leur destin avait été réglé par un bref interrogatoire ; à présent les soixante-quatre détenus, hommes et femmes, étaient assis pêle-mêle dans ce lieu aux voûtes obscures, qui sentait les tonneaux de vin et la moisissure et que teintait, plutôt qu'il ne le réchauffait, un maigre feu de cheminée dans la première pièce. La plupart s'étaient jetés, apathiques, sur leurs paillasses, d'autres écrivaient sur l'unique table qui leur avait été octroyée, à la lumière vacillante d'une chandelle, de hâtives lettres d'adieu ; car ils savaient bien que leur vie s'achèverait plus tôt que la bougie dont la fumée bleue frémissait dans cet espace froid. Tous parlaient à voix basse et, ainsi, de la rue parvenait distinctement, dans le silence glacé, le grondement sourd de l'explosion des mines, suivi de près par celui des maisons en train de s'effondrer. Mais la rapidité fracassante des événements avait enlevé à ces êtres éprouvés par le sort toute émotion et toute clarté de réflexion. Immobiles et muets, la plupart étaient adossés au mur, dans l'obscurité, ainsi que dans une prémonition du tombeau ; ils n'attendaient plus rien, ils n'étaient déjà plus du côté de la vie.

Soudain, vers la septième heure du soir, un pas sec et énergique résonna, on entendit un bruit de crosses, et en écho le grincement du verrou rouillé. D'instinct tous sursautèrent : était-ce déjà la fin, ne leur avait-on pas accordé, selon la triste coutume, une dernière nuit ? Dans le courant d'air froid provoqué par l'ouverture brutale de la porte, la flamme bleue de la bougie parut bondir comme prête à s'échapper de son corps de cire, et dans son jaillissement elle jetait sur tous la peur de l'inconnu. Mais la frayeur soudaine s'apaisa bientôt, le geôlier n'amenait en fait qu'une fournée supplémentaire de condamnés, une vingtaine, qu'il poussa au bas de l'escalier sans un mot et sans leur indiquer de place précise dans cet espace déjà encombré. Puis la lourde porte de fer se referma avec un gémissement.

Les prisonniers jetèrent un regard peu amène sur ceux qui venaient d'arriver, car tel est bien le caractère étrange de la nature humaine que de s'adapter partout très vite et de se sentir chez soi même dans l'éphémère, comme si là était son bon droit. Ainsi les premiers occupants considéraient déjà malgré eux que la pièce humide et putride, la paillasse moisie, la place autour du feu leur appartenaient et chacun des nouveaux était à leurs yeux un intrus qui leur portait préjudice. Les derniers venus de leur côté durent ressentir clairement cette hostilité froide de leurs prédécesseurs, si insensée fût-elle au seuil de la mort. En effet, curieusement, ils n'échangèrent aucun salut ni aucune parole avec leurs compagnons d'infortune, ne demandèrent à partager ni leur table ni leur paille ; au contraire ils allèrent seulement, maussades et muets, se blottir dans un coin. Et le silence cruel qui pesait déjà sur ces voûtes paraissait à présent encore plus sinistre à cause de cette tension absurde.

C'est avec d'autant plus de force, de clarté, que tout à coup un cri traversa ce silence, comme issu d'un autre monde, un cri argentin, presque frémissant, qui arracha irrésistiblement même le plus indolent à son repos et à son abattement. Une jeune fille, tout juste arrivée avec les autres, s'était levée soudain d'un bond et, les bras tendus telle une personne en train de tomber, lançait ce vibrant appel : « Robert, Robert » en se précipitant au-devant d'un jeune homme, appuyé à la grille de la fenêtre, loin des autres, qui s'élançait à présent lui aussi à sa rencontre. Et déjà, pareils à deux flammes d'un même feu, ces deux êtres flamboyaient corps contre corps, bouche contre bouche et ils brûlaient si intimement ensemble que les larmes de ravissement qui jaillissaient brusquement des yeux de l'un inondaient les joues de l'autre et que leurs sanglots semblaient provenir d'une même gorge prête à exploser. Lorsqu'ils se séparaient un instant, comme s'ils doutaient de la présence réelle de l'autre et effrayés par l'extraordinaire de la situation, l'instant d'après une nouvelle étreinte les réunissait, si possible avec plus de fougue encore. Ils pleuraient, sanglotaient, parlaient et criaient d'un même souffle, entièrement seuls dans l'immensité de leur passion, sans se soucier le moins du monde de leurs compagnons qui, étonnés et stimulés par cet étonnement, s'approchaient d'eux d'un pas hésitant.

La jeune fille avait été d'abord une amie d'enfance de Robert de L..., fils d'un haut fonctionnaire municipal, et depuis des mois elle était sa fiancée. Les bans avaient déjà été publiés à l'église et le mariage devait avoir lieu précisément le jour sanglant où les troupes de la Convention envahirent la ville ; le devoir commanda alors à son promis, qui avait combattu contre la République dans l'armée de Percy, d'accompagner le général royaliste dans sa percée désespérée. Elle resta pendant des semaines sans aucune nouvelle de lui et elle commençait à caresser l'espoir qu'il avait réussi à se réfugier de l'autre côté de la frontière, en Suisse, lorsque soudain un greffier de la ville lui rapporta que des mouchards avaient découvert la ferme où il se cachait et qu'il avait été livré la veille au tribunal révolutionnaire. A peine l'intrépide jeune fille eut-elle appris l'arrestation et la condamnation certaine de son fiancé que, mue par l'énergie magique et inexplicable dont la nature doter les femmes dans les instants de danger suprême, elle mit en œuvre l'impossible pour atteindre en personne un des inacessibles représentants du peuple afin de solliciter sa grâce. Collot d'Herbois, aux pieds duquel elle s'était jetée en premier, l'avait éconduite sèchement, il n'y avait pas de grâce pour les traîtres. Elle se rendit en hâte auprès de Fouché ; tout aussi dur, mais plus sournois dans ses procédés, ce dernier se défendit de l'émotion qui l'envahissait à la vue d'un tel désespoir au moyen d'un mensonge : il serait bien volontiers intervenu en faveur de son prétendu, mais il voyait — et ce faisant l'homme qui était passé maître dans l'art de tromper les âmes jetait un regard vague à travers son lorgnon sur un quelconque papier — que Robert de L... avait été fusillé le matin même dans la plaine des Brotteaux. Cette ruse réussit parfaitement à abuser la jeune fille : elle crut aussitôt son fiancé mort. Mais au lieu de s'abandonner ainsi que le font les femmes à l'impuissance de sa douleur, indifférente à sa vie désormais dépourvue de sens, elle arracha la cocarde de ses cheveux, la piétina et, poussant de grands cris qui résonnèrent à travers toutes les portes ouvertes, traita Fouché et ses gens accourus promptement de misérables buveurs de sang, de bourreaux et de lâches criminels. Et tandis que les soldats étaient en train de la ligoter et de la traîner hors de la pièce, elle put entendre Fouché dicter son mandat d'arrestation à son secrétaire au visage marqué par la petite vérole.

Mais tout cela, elle ne l'avait plus éprouvé — et c'est presque gaiement que dans sa passion elle s'adressait à ceux qui l'entouraient — comme quelque chose de véritablement réel, au contraire une satisfaction bruyante l'avait saisie à la pensée qu'elle n'allait pas survivre à celui qui avait été exécuté. Lors de l'interrogatoire elle n'avait même plus répondu à aucune question, tant le sentiment de sa fin prochaine faisait vibrer tout son être d'une joie intense, oui, elle n'avait même pas vraiment levé les yeux lorsqu'on l'avait poussée ici, dans cette prison, avec ce convoi tardif. Quelle préoccupation aurait-elle pu en effet encore avoir en ce monde alors qu'elle savait son bien-aimé mort et que l'idée qu'elle était déjà proche de lui dans le trépas la comblait. C'est pourquoi elle s'était étendue dans un coin, indifférente aux autres, jusqu'au moment où son regard, à peine habitué à l'obscurité, avait été frappé par un jeune homme appuyé, songeur, à la fenêtre, dans une attitude qui rappelait de façon étrange celle qu'adoptait d'ordinaire son fiancé lorsqu'il était absorbé dans ses rêveries. Elle s'était interdit avec force de céder à la folie d'un espoir aussi mensonger ; toutefois elle s'était relevée. Et, presque simultanément, il était entré dans le cercle lumineux de la bougie. Elle ne comprenait pas, poursuivit-elle encore sous le choc, comment cette seconde de frayeur intense ne l'avait pas tuée, car elle avait senti nettement son cœur, comme un animal, s'échapper de sa poitrine en le voyant soudain en vie, devant elle, lui qu'elle croyait perdu à jamais.

Tout au long de son récit précipité, sa main ne lâcha pas un seul instant celle de l'homme aimé. Sans le quitter des yeux, comme si elle n'était pas encore certaine de sa présence, sans cesse elle se jetait dans ses bras et le spectacle émouvant de cette ardeur juvénile bouleversa singulièrement leurs compagnons d'infortune. Léthargiques, fatigués, indifférents et fermés à toute sensation il y a quelques minutes encore, ils entouraient à présent avec chaleur et passion le couple réuni de façon si étrange. Face à l'extraordinaire de cette situation, chacun oubliait son propre destin, chacun cédait bien volontiers au besoin impérieux de leur dire un mot de sympathie, d'assentiment ou de compassion, mais, dans une sorte de fierté enivrée, la fougueuse jeune fille repoussait toute pitié. Non, elle était heureuse, parfaitement heureuse, maintenant qu'elle savait qu'elle allait mourir en même temps que celui qu'elle aimait et qu'aucun des deux n'aurait à pleurer l'autre. Il y avait une seule ombre à son bonheur : elle allait se présenter avec lui devant Dieu sous un nom qui ne serait pas le sien, et non comme son épouse.

Elle avait dit cela en toute innocence. sans nulle intention et elle l'avait déjà presque oublié, s'abandonnant sans cesse à l'étreinte de son amant. C'est pourquoi elle ne remarqua pas qu'un compagnon d'armes de Robert, profondément ému par le souhait qu'elle venait d'exprimer, s'était glissé sans bruit vers un coin de la pièce et avait commencé à s'entretenir à voix basse avec un homme d'un certain âge. Ce dernier parut bouleversé par ces paroles chuchotées, car aussitôt il se redressa et se dirigea avec difficulté vers les deux jeunes gens. Il était, dit-il en s'adressant à eux, ce que ses vêtements de paysan ne permettaient sans doute pas de discerner, un prêtre réfractaire originaire de Toulon et il avait été arrêté ici à la suite d'une dénonciation. Mais même si l'habit sacerdotal lui faisait défaut il n'en sentait pas moins qu'il avait conservé, entières, sa fonction et son autorité de ministre du culte. Et puisque leurs bans avaient été publiés depuis longtemps et que d'autre part la sentence ne permettait pas d'attendre davantage, il prenait volontiers l'initiative d'exaucer sur-le-champ un désir aussi sincère et de les unir par les liens du mariage sous le regard du Tout-Puissant et avec pour témoins leurs compagnons d'infortune.

Etonnée par cette nouvelle réalisation si inespérée de ses vœux, la jeune fille interrogea son fiancé des yeux. Celui-ci répondit par un regard rayonnant. Elle s'agenouilla alors sur les dalles froides, baisa la main du prêtre et le pria de célébrer les noces dans cette pièce, tout indigne fût-elle, car elle se reconnaissait elle-même l'âme pure et elle était pénétrée du caractère sacré de l'heure. Les autres, profondément bouleversés à l'idée que ce lieu oppressant où ils attendaient la mort allait, l'espace d'un moment, se transformer en église, furent sans le vouloir touchés par l'émotion de la future épouse, ce qu'ils cherchèrent à dissimuler par des activités diverses et précipitées. Les hommes rapprochèrent et alignèrent les rares fauteuils, installèrent une rangée de bougies autour d'un crucifix en fer de telle sorte que la table ressemblait à un autel, tandis que les femmes tressaient à la hâte, avec les quelques fleurs que des mains compatissantes leur avaient données en chemin, une fine couronne qu'elles posèrent sur la tête de la jeune fille. Entre-temps le prêtre s'était rendu dans la pièce voisine en compagnie de l'homme qu'elle allait épouser pour entendre en premier sa confession ; et, lorsqu'ils s'avancèrent tous deux vers l'autel improvisé, il y eut pendant quelques minutes un silence d'une intensité si frappante que soudain le soldat de garde, pris de soupçons, ouvrit brusquement la porte et entra. A la vue de ces étranges préparatifs son visage sombre de paysan devint, malgré lui, grave et plein de respect. Il resta debout sur le seuil, sans déranger, et de cette façon fut lui aussi un témoin discret de ce mariage insolite.

Le prêtre s'approcha de la table et déclara en quelques mots que, partout où les hommes voulaient être liés à Dieu dans l'humilité, il y avait une église et un autel. Ensuite il s'agenouilla et toute l'assistance fit de même ; le calme était tel qu'aucune des faibles flammes ne bougeait. Puis, au milieu de ce silence, il demanda s'ils voulaient tous deux s'unir pour la vie et pour la mort. D'une voix ferme elle répondit : « Pour la vie et pour la mort », et ce terme de « mort » ressenti à l'instant encore comme source d'effroi — n'était plus accompagné par aucun frisson de peur et vibrait, clair, limpide, à travers la pièce. Le prêtre joignit alors leurs mains et prononça les paroles qui les engageaient l'un envers l'autre : « *Ego auctoritate sanctae matris Ecclesiae qua fungor, conjugo vos in matrimoniam in nomine Patris et Filii et Spiritus sancti.* »

La cérémonie était terminée. Robert et sa femme baisèrent la main de l'ecclésiastique et chacun des condamnés s'empressa auprès d'eux pour leur adresser en particulier un petit message cordial. Nul en cet instant ne songeait à la mort et ceux qui la ressentaient en eux n'en éprouvaient plus l'horreur.

Entre-temps l'ami qui avait fait office de témoin s'était mis à chuchoter avec quelques autres et bientôt ce fut le commencement d'une nouvelle activité étrange. Les hommes sortaient les paillasses de la petite pièce voisine et les jeunes époux, tout à ces événements de rêve, n'avaient encore rien remarqué de ces préparatifs quand le camarade de Robert s'approcha et s'adressa à eux en souriant : ses frères d'infortune et lui-même leur auraient bien volontiers offert un cadeau à l'occasion de leur union, mais quel présent pouvait encore avoir de la valeur pour ceux qui allaient être dépossédés de leur propre vie ? Aussi, choisissant de se serrer davantage dans la première pièce afin que la chambre moins grande soit entièrement à eux, voulaient-ils leur donner la seule chose susceptible de réjouir le cœur de nouveaux mariés, et d'avoir du prix pour eux : la solitude et le calme d'une nuit de noces, leur dernière nuit. « Profitez de ces quelques heures, ajouta-t-il, aucun souffle de vie ne nous sera rendu et qui a la chance en de tels instants de connaître l'amour se doit de le savourer. »

La jeune femme rougit jusqu'à la racine des cheveux, mais son conjoint fixa son ami droit dans les yeux et serra avec émotion la main fraternelle. Ils ne prononcèrent pas un seul mot, ils se regardaient simplement. Et, sans qu'aucune directive ait été formulée, les hommes se rangèrent spontanément autour de Robert et les femmes autour de son épouse, pour les accompagner, à la lumière de bougies cérémonieusement levées, dans la chambre empruntée à la mort, retrouvant de la sorte, à leur insu, sous l'effet d'un trop-plein de sympathie, un rite nuptial ancestral.

Puis ils repoussèrent la porte sans bruit sur le couple, mais personne ne risqua une parole déplacée ou une plaisanterie grossière sur cette intimité conjugale, car un sentiment empreint d'une étrange solennité les recouvrait tous de son aile muette depuis que, impuissants eux-mêmes face au destin, ils avaient pu donner à d'autres un peu de bonheur encore. Et au plus profond de soi chacun était reconnaissant de cette bienfaisante diversion qui lui faisait oublier le caractère inéluctable de son propre sort. Dispersés dans l'obscurité, ils restèrent ainsi jusqu'à l'aube sur leurs paillasses, ne dormant pas ou bien rêvant, et de rares soupirs traversaient la pièce alourdie d'une inutile respiration.

Le lendemain matin, lorsque les soldats entrèrent pour mener les vingt-quatre condamnés au lieu du supplice, ils les trouvèrent tous déjà réveillés et entièrement prêts. Seule la pièce voisine où se trouvait le couple restait silencieuse : même le choc brutal des crosses n'avait pas tiré du sommeil les amants fatigués. Sans bruit le garçon d'honneur se rendit en hâte auprès d'eux afin qu'ils ne soient pas arrachés brutalement à leur bonheur par le bourreau. Ils étaient mollement enlacés, la main de la jeune femme était posée, comme oubliée, sous la nuque renversée de son époux ; même figés légèrement par le repos, leurs visages étaient si détendus et si rayonnants de félicité qu'il fut pris de compassion et qu'il lui fut pénible de troubler une telle paix. Cependant il ne lui était pas permis de tarder et il pressa d'abord son ami de revenir à lui. Ce dernier ouvrit les yeux avec peine, mais il se rappela la situation dans un éclair et redressa d'un geste tendre sa compagne. Elle souleva les paupières, pleine d'un effroi enfantin qui n'avait d'autre cause que ce retour trop brusque à la froideur glaciale de la réalité. Puis elle lui dit avec un sourire d'assentiment : « Je suis prête. »

Lorsque le couple entra, la main dans la main, tous inconsciemment lui firent place et ainsi, spontanément, ce furent les nouveaux mariés qui ouvrirent la marche à la mort des condamnés. Bien que déjà accoutumés au spectacle quotidien de ces tristes convois, les gens suivaient cette fois d'un regard étonné ce cortège étrange, car il émanait de ces deux êtres qui se trouvaient en tête, le jeune officier et la femme parée d'une couronne nuptiale, une sérénité si inhabituelle et une assurance si proche de la félicité que même les âmes les plus engourdies étaient pénétrées de respect et ressentaient ici la présence d'un profond mystère. Mais les autres condamnés n'avaient pas non plus la démarche lourde et traînante caractéristique de ceux que l'on mène au trépas ; chacun d'entre eux bien au contraire fixait d'un regard brûlant le couple, dont à trois reprises les désirs s'étaient réalisés de façon si inattendue, se cramponnant à une confiance désespérée : une fois encore ces deux êtres auxquels la chance souriait devaient être, oui, une fois encore ils allaient être l'objet d'un dernier miracle qui les sauverait tous d'une mort certaine.

Mais si la vie se nourrit de merveilleux, les vrais miracles sont rares : il se produisit simplement ce qui avait lieu alors à Lyon chaque jour. Le cortège traversa le pont et fut conduit dans la plaine marécageuse des Brotteaux où l'attendaient douze pelotons d'infanterie, c'est-à-dire trois canons de fusil pour chacun. On les aligna : ils s'abattirent dans le fracas d'une unique salve. Puis les soldats jetèrent les corps ensanglantés dans le Rhône, dont le courant rapide engloutit, indifférent, le visage et le destin de ces inconnus. Seule la couronne nuptiale qui s'était détachée de la chevelure de celle qui s'enfonçait dans l'eau continua de voguer quelque temps, étrange, absurde, au gré des flots. Elle finit par disparaître elle aussi, emportant avec elle pour longtemps le souvenir de cette nuit d'amour mémorable, arrachée aux lèvres de la mort.

DANS LA NEIGE

Une petite ville allemande du Moyen Age, tout près de la frontière polonaise, avec la lourdeur carrée propre aux bâtiments du XIVe siècle. L'image colorée et animée qu'offre habituellement la ville a laissé place à une impression unique, une blancheur aveuglante, étincelante qui domine les larges murailles d'enceinte et pèse sur les sommets des tours que la nuit vient d'envelopper d'un pâle voile de brume.

L'obscurité s'étend rapidement. L'agitation sonore et désordonnée de la rue, l'activité de la foule laborieuse s'assourdit jusqu'à se transformer en un bruit diffus qui semble venir de très loin et que seul interrompt, à intervalles réguliers, le chant monotone des cloches vespérales. La journée de travail s'achève pour les artisans fatigués qui aspirent au repos, les lumières se font de plus en plus rares, de plus en plus clairsemées, pour finir par disparaître entièrement. La ville, tel un seul être puissant, est profondément endormie.

Tout son s'est évanoui, même la voix tremblante du vent sur la lande s'est éteinte en une douce berceuse ; on entend le léger chuchotement des flocons de neige qui s'écrasent au terme de leur course.

Soudain on perçoit un faible bruit. On dirait les pas lointains et pressés d'un cheval qui s'approche. Etonné, l'homme de garde ivre de sommeil se met à la fenêtre, à l'écoute de ce qui se passe au-dehors. Effectivement un cavalier se dirige au grand galop vers la porte, et une minute plus tard une voix rauque, éraillée par le froid, réclame le droit d'entrer. Le portail s'ouvre, un homme s'introduit, tenant à ses côtés un cheval en nage qu'il remet aussitôt au portier dont il apaise rapidement les réticences à l'aide de quelques paroles et d'une assez grosse somme d'argent ; puis d'une démarche rapide et assurée, montrant ainsi qu'il connaît parfaitement les lieux, il dépasse la place du marché déserte, d'une blancheur scintillante et, par des ruelles silencieuses et des chemins enneigés, il prend la direction de la partie opposée de la petite ville.

Il y a là quelques maisons exiguës, serrées les unes contre les autres, comme si chacune avait besoin d'être étayée par ses voisines. Toutes sont austères, modestes, penchées et noircies de fumée, et elles baignent toutes dans le silence immémorial du secret des ruelles. On a l'impression que jamais elles n'ont connu la gaieté de ces fêtes où le plaisir s'exprime dans l'exubérance, que jamais des transports de joie n'ont fait vibrer ces fenêtres rendues aveugles et cachées, que jamais un brillant rayon de soleil n'a reflété l'éclat de son or dans les vitres. A l'écart, pareilles à des enfants effarouchés qui ont peur des autres, elles se blottissent ensemble dans la concentration du ghetto.

L'étranger s'arrête devant une de ces maisons, celle qui est la plus grande et qui a relativement la plus belle apparence. Elle appartient à l'homme le plus riche de la petite communauté et sert en même temps de synagogue.

A travers les fentes des rideaux tirés passe une vive lueur et de la chambre éclairée parviennent des voix en train de chanter un cantique. C'est la fête de Hanouka qui est célébrée dans la paix, la fête de l'allégresse et de la victoire des Maccabées, un jour qui rappelle à ce peuple expulsé et asservi par le destin la plénitude de sa force d'autrefois, un des rares jours heureux que la Loi et la vie lui ont accordés. Mais ces chants ont un accent de mélancolie et de nostalgie et l'éclat métallique des voix est rouillé par les milliers de larmes versées. Le cantique, semblable à une complainte désespérée, résonne dans la ruelle déserte puis s'éteint.

L'étranger reste quelque temps immobile devant la maison, perdu dans ses pensées et dans ses rêves ; sa gorge s'emplit de lourdes larmes qui jaillissent et de sanglots, et involontairement elle se met à chanter les antiques mélodies sacrées qui montent de son cœur. Son âme est empreinte d'un profond recueillement.

Puis il se ressaisit. D'un pas hésitant il se dirige vers le portail fermé et le marteau s'abat avec vigueur sur la porte qui vibre sourdement. Cette vibration se propage dans le bâtiment tout entier.

Comme sous l'effet d'un signal convenu, le chant se tait instantanément là-haut. Tous ont pâli et se regardent d'un air effaré. D'un seul coup l'atmosphère de fête s'est dissipée. Engloutis les rêves de la force victorieuse d'un Judas Maccabée aux côtés duquel chacun se tenait en esprit, plein d'enthousiasme, disparu le radieux royaume des juifs qu'ils avaient devant les yeux. Ils sont redevenus de pauvres juifs frissonnants et impuissants. La réalité est de nouveau là.

Silence de mort. Le livre de prières est tombé des mains tremblantes de l'officiant, personne ne peut empêcher ses lèvres blêmes de frémir. Une angoisse horrible a pris possession de la pièce et enserre toutes les gorges d'une poigne de fer.

Ils en connaissent bien la raison.

Un mot terrible était parvenu jusqu'à eux, un mot nouveau, jamais entendu, dont leur propre peuple devait éprouver la signification sanglante. Les flagellants avaient fait leur apparition en Allemagne, ces sauvages fanatiques qui se lacéraient le corps à coups de fouet dans des déchaînements de joie et d'extase, ces hordes d'ivrognes et de fous furieux qui avaient massacré et torturé des milliers de juifs, et voulaient leur arracher par la force leur palladium le plus sacré : l'antique foi de leurs ancêtres. Et c'était là leur plus grande peur. L'expulsion, les coups, le vol, l'esclavage, ils avaient tout accepté avec une patience aveugle et fataliste. Chacun d'entre eux avait vécu tard dans la nuit des agressions accompagnées de pillage et d'incendie et un frisson parcourait toujours leurs membres au souvenir de ces temps-là.

Et la rumeur avait couru il y a quelques jours seulement qu'une bande se dirigeait également vers cette région qui jusque-là ne connaissait les flagellants que de nom et qu'elle ne devait plus être loin. Peut-être étaient-ils déjà ici ?

Une frayeur terrible qui retient les battements de leur cœur s'est emparée de tous. Ils revoient les hordes sanguinaires aux visages avinés se ruant farouchement dans leurs maisons, des torches flamboyantes à la main, l'appel au secours étouffé de leurs femmes, contraintes d'assouvir le désir brutal des assassins, résonne déjà à leurs oreilles, ils devinent déjà l'éclat des armes. Tout cela est pareil à un rêve, aussi précis, aussi vivant.

L'étranger lève la tête et écoute et, comme personne ne lui ouvre, il recommence à frapper ; une nouvelle fois le grondement sourd vibre à travers la maison bouleversée et muette.

Entre-temps le maître des lieux, l'officiant, auquel sa blanche barbe ondoyante et son grand âge donnent l'aspect d'un patriarche, s'est un peu ressaisi. D'une voix très basse il murmure : « A la grâce de Dieu. » Il se penche alors vers sa petite fille, une belle enfant, qui fait penser à un chevreuil effrayé se retournant vers celui qui le poursuit avec de grands yeux suppliants : « Léa, va voir qui est dehors ! »

La jeune fille, sur le visage de laquelle tous les

regards se concentrent, se dirige d'un pas timide vers la fenêtre dont elle écarte le rideau de ses doigts pâles et tremblants. Puis un cri jaillit du plus profond de son âme : « Dieu soit loué, c'est un homme seul. »

« Loué soit Dieu », répète-t-on de tout côté en un soupir de soulagement. A présent les personnages figés, sur lesquels pesait ce terrible cauchemar, s'animent de nouveau. Des groupes épars se forment, les uns prient en silence, les autres commentent, pleins de crainte et d'incertitude, l'arrivée inopinée de l'étranger auquel on ouvre maintenant la porte.

La chambre entière est remplie de l'odeur lourde et oppressante des bûches et de la présence d'une assemblée si nombreuse, réunie autour de la table de cérémonie richement garnie sur laquelle est posé l'emblème et le symbole de cette sainte soirée, le chandelier à sept branches. Ses bougies brûlent d'un faible éclat dans cette atmosphère quelque peu enfumée. Les femmes portent de somptueux vêtements ornés de bijoux, les hommes ont mis de larges habits avec des châles de prière blancs. A travers la pièce étroite souffle une profonde solennité que seule peut conférer la véritable piété.

On entend déjà les pas pressés de l'étranger qui monte l'escalier, et voici qu'il fait son entrée.

En même temps, par la porte ouverte, une bourrasque d'une force effroyable pénètre dans la chaleur de la pièce. Un air glacial mêlé de neige s'engouffre et fait frissonner toute l'assistance. Le vent coulis éteint les bougies vacillantes du chandelier, mais une dernière continue de tressaillir, comme sur le point de mourir. Soudain la chambre baigne dans une lueur crépusculaire pesante, désagréable. On dirait que tout à coup une nuit froide cherche à descendre le long des murs. Instantanément, le bien-être et la paix se sont envolés, chacun a conscience du mauvais présage lié à l'extinction des bougies sacrées et la superstition les fait à nouveau frémir. Mais personne n'ose prononcer un seul mot.

A la porte se tient un homme de haute taille, à la barbe noire, qui paraît n'avoir guère plus de trente ans ; il se débarrasse à la hâte des tissus et des couvertures dans lesquels il s'était emmitouflé contre le froid.

A l'instant où ses traits deviennent visibles à la clarté incertaine de l'unique bougie dont la flamme tremble, Léa se précipite sur lui et le prend dans ses bras. C'est Josué, son fiancé de la ville voisine.

Les autres se pressent aussi avec vivacité autour de lui et le saluent joyeusement. Mais bientôt ils se taisent, car il repousse sa fiancée, la mine triste et sévère ; la connaissance de faits graves et inquiétants a creusé de larges sillons sur son front. Tous les regards sont dirigés craintivement sur lui qui n'est pas capable de maîtriser ses paroles face au raz de marée de ses sentiments. Il saisit les mains de ceux qui sont le plus près de lui et dans un souffle il arrache le pénible secret de ses lèvres : « Les flagellants sont là ! »

Les regards interrogateurs qui se sont portés sur lui se figent et il sent s'arrêter soudain le pouls des mains qu'il serre dans les siennes. Pris de tremblements, l'officiant se retient à la lourde table, si bien que le cristal des verres se met à chanter doucement et à vibrer. La peur enserre à nouveau ces cœurs abattus et arrache l'ultime goutte de sang de ces visages effrayés fixés sur le messager.

La dernière bougie vacille encore une fois et s'éteint. La lampe suspendue continue seule d'éclairer faiblement ces êtres effarés et anéantis, frappés par les paroles du jeune homme comme par la foudre.

« Dieu l'a voulu ! » murmure sourdement une voix pleine de résignation, de fatalisme. Mais les autres sont encore incapables de réagir.

Cependant l'étranger continue à parler avec véhémence, par bribes, comme s'il ne voulait pas lui-même entendre ce qu'il dit. « Ils arrivent, nombreux, des centaines. Et avec eux beaucoup d'autres. Le sang colle à leurs mains, ils ont tué, des milliers de gens, tous des nôtres, à l'est. Ils sont déjà passés dans ma ville. »

Il est interrompu par le cri terrible que pousse une femme, dont les torrents de larmes ne peuvent atténuer la violence. Celle-ci, encore jeune, mariée depuis peu, se précipite sur lui. « Ils sont là ? Et mes parents, mes frères, mes sœurs, leur est-il arrivé malheur ? »

Il se penche sur elle et, la gorge nouée par les sanglots, il prononce doucement ces mots qui sonnent comme une consolation : « Ils ne connaîtront plus la souffrance humaine. »

A nouveau le silence règne, un silence absolu. Le spectre effroyable de la peur de la mort se dresse parmi eux et les fait trembler. Il n'est pas un seul d'entre eux qui n'ait eu dans la ville là-bas un cher disparu.

Des larmes coulent dans la barbe argentée de l'officiant et, de sa voix frêle qui ne veut pas lui obéir, il entonne alors avec des mots hésitants l'antique et solennelle prière des morts. Tous psalmodient avec lui. Ils ne savent pas eux-mêmes qu'ils chantent, ils ne savent rien du texte et de la mélodie qu'ils répètent machinalement, chacun ne pense qu'aux êtres qui lui sont chers. Le chant prend de plus en plus d'ampleur, la respiration devient de plus en plus profonde, le refoulement des sentiments qui jaillissent de plus en plus pénible, les paroles de plus en plus confuses et finalement tous fondent en larmes dans la violence et le désarroi de leur douleur. Une souffrance infinie, pour laquelle il n'existe plus de mots, les a fraternellement étreints.

Silence de mort. De temps en temps seulement, un profond sanglot impossible à étouffer. Et de nouveau le timbre grave et engourdissant du jeune homme.

« Ils reposent tous auprès de Dieu. Pas un ne leur a échappé. Moi seul ai pu me sauver par la volonté de Dieu. »

« Loué soit son nom », murmure toute l'assistance dans un élan de piété instinctive. Ces mots résonnent comme une formule rebattue dans la bouche de ces êtres brisés et tremblants.

« Je suis arrivé tard dans la ville, revenant de voyage ; le ghetto était déjà rempli de pillards. On ne m'a pas reconnu, j'aurais pu fuir, mais quelque chose m'a poussé malgré moi à prendre ma place, auprès de mon peuple, parmi ceux qui tombaient sous les coups. Soudain un cavalier se dirige vers moi, cherche à me frapper, me manque et vacille sur sa selle. Et brusquement le désir de vivre, la passion s'emparent de moi et me donnent force et courage, je le jette à bas de son cheval et m'éloigne au grand galop sur sa monture dans l'obscurité de la nuit pour venir vers vous ; j'ai chevauché un jour et une nuit. »

Il s'arrête un instant. Puis, d'une voix plus assurée, il dit : « Assez parlé à présent de cela ! Avant tout, que faire ? »

La réponse fuse de tout côté : « Fuir ! — Nous devons fuir ! — En Pologne ! »

C'est la seule ressource que tous connaissent, l'arme du faible contre le fort, vieille comme le monde, honteuse et pourtant irremplaçable. Personne ne songe à résister. Un juif, lutter ou se défendre ? C'est à leurs yeux quelque chose de ridicule, d'impensable. Ils ne vivent plus à l'époque des Maccabées, les jours de l'esclavage en Egypte sont revenus, qui ont marqué ce peuple du sceau éternel de la faiblesse et de la servitude ; le flot des ans, des siècles, n'a pu l'effacer.

Il faut donc fuir !

Quelqu'un avait avancé timidement l'idée qu'on pouvait demander la protection des bourgeois, un sourire méprisant fut la réponse. Le destin de ces êtres asservis avait toujours reposé sur eux-mêmes et sur leur Dieu. Ils n'avaient plus aucune confiance en un tiers.

On débattit alors des détails. Tous ces hommes qui n'avaient jamais eu d'autre aspiration que d'amasser de l'argent s'accordèrent à présent pour ne reculer devant aucun sacrifice afin d'accélérer leur fuite. Tous leurs biens seraient échangés contre des espèces, fût-ce aux conditions les plus désavantageuses, on se procurerait chariots, attelages et le strict nécessaire pour se protéger du froid. D'un seul coup la crainte de la mort avait aboli le particularisme du ghetto de la même façon qu'elle avait fondu le caractère de chacun en une volonté unique. Dans tous ces visages blêmes, épuisés, un seul objectif anime les pensées.

Et lorsque le matin alluma ses feux, tout était déjà discuté et résolu. Avec la mobilité de leur peuple qui avait parcouru le monde, ils s'adaptèrent à leur pénible situation de bannis et une nouvelle prière clôtura leurs dernières dispositions.

Chacun prit sa part à l'ouvrage. Et plus d'un soupir mourut dans le chant léger des flocons de neige qui s'étaient amoncelés en congères à travers les rues étincelantes.

La grande porte de la ville retomba en grondant derrière le dernier chariot des fugitifs.

Dans le ciel la lune ne donnait qu'une faible lueur, mais son éclat argentait les myriades de flocons qui dansaient un ballet exubérant, se cachaient dans les vêtements, papillotaient autour des naseaux haletants des chevaux et crissaient sur les roues qui avaient le plus grand mal à se frayer un chemin à travers l'épaisse couche de neige.

A l'intérieur des voitures on parlait à voix basse. Les femmes échangeaient, avec des paroles mélancoliques, légèrement chantantes, les souvenirs de leur ville natale qui, dans sa grandeur solide, consciente de sa force, était encore pratiquement devant leurs yeux ; de claires voix d'enfants curieux posaient des milliers de questions, puis se calmaient et se raréfiaient de plus en plus pour finir par se transformer en un souffle régulier. Tout ceci formait une mélodie qui allait s'estompant sous le timbre sonore des hommes qui discutaient, soucieux, de leur sort et murmuraient doucement des prières. Tous étaient intimement soudés par la conscience de leur solidarité et par la peur instinctive du froid qui soufflait son haleine glacée à travers tous les trous et les brèches et qui engourdissait les doigts des conducteurs.

Le premier chariot s'immobilisa. Aussitôt la colonne entière en fit autant. De toutes les bâches sortirent de pâles visages qui cherchaient à connaître la cause de cet arrêt. Le doyen descendit du chariot de tête et tous suivirent son exemple, car ils avaient découvert la raison de cette halte.

Ils n'étaient pas encore loin de la ville ; à travers le ruissellement des flocons on pouvait reconnaître de façon indistincte la tour qui se dresse telle une main menaçante dans la vaste plaine et du sommet de laquelle émane une lueur pareille à celle d'une pierre précieuse sur des doigts couverts de bagues.

Tout ici était lisse et blanc ainsi que la surface gelée d'un lac. Il n'y avait qu'un espace délimité où l'on voyait çà et là de petits monticules, de hauteur égale, sous lesquels, ils le savaient, ceux qu'ils aimaient reposaient dans le calme de l'éternité, rejetés de partout, solitaires, comme tout leur peuplc, loin de leur patrie.

Profond silence, que seuls interrompent de faibles sanglots. Et des larmes brûlantes coulent sur les visages figés, accoutumés à la souffrance, et se transforment dans la neige en gouttes de glace étincelantes.

A la vue de cette tranquillité intense et muette, toute crainte de la mort se dissipe, est oubliée. Et tous sont envahis soudain par le désir infini, sauvage, à en pleurer, de ce calme et de ce repos éternels dans le « lieu de paix », en compagnie de ceux qui leur sont chers. Sous cette couverture blanche dorment tant de moments de leur enfance, tant de souvenirs heureux, un bonheur si immense qu'ils ne retrouveront jamais plus. C'est ce que chacun éprouve et la nostalgie du « lieu de paix » les saisit tous.

Pourtant le temps les contraint à repartir. Ils se glissent à nouveau dans les voitures, étroitement serrés les uns contre les autres, car, si à l'air libre ils n'avaient pas éprouvé la morsure du froid, des frissons glacés remontent maintenant le long de leur corps, ils tremblent de tous leurs membres, claquent des dents. Et dans l'obscurité du chariot les regards se rencontrent, pleins d'une indicible angoisse et d'une souffrance extrême. Mais ils refont sans trêve en pensée le chemin que les larges sillons des attelages ont imprimé dans la neige, pour revenir au lieu de leur désir : le « lieu de paix ».

Il est minuit passé. Les voitures sont déjà bien loin de la ville, au milieu de la vaste plaine que la lune inonde de lumière et qui est enveloppée par les reflets scintillants de la neige comme par de blancs voiles flottants. Les robustes chevaux avancent avec peine, d'un pas lourd, à travers l'épaisse couche de neige qui s'attache obstinément aux roues, avec lenteur, presque insensiblement, les attelages progressent en cahotant, on dirait qu'à tout moment ils vont s'immobiliser.

Le froid est devenu effroyable et, ainsi que des couteaux glacés, il transperce les membres qui ont déjà perdu beaucoup de leur mobilité. Peu à peu une bourrasque s'est levée, qui chante une mélodie sauvage et résonne le long des chariots. Telles des mains avides tendues en direction des victimes elle s'en prend aux bâches qu'elle secoue sans relâche et que les doigts gourds ne parviennent plus à fixer qu'à grand-peine.

La tempête hurle de plus en plus et dans son chant

viennent se perdre les voix des hommes en train de murmurer des prières et dont les lèvres gelées ne peuvent plus former les mots qu'avec effort. Les sanglots des femmes désemparées, inquiètes pour l'avenir, et les pleurs obstinés des enfants que le froid a arrachés à l'étreinte de la fatigue expirent sous les sifflements aigus de la bourrasque.

Les roues avancent en gémissant à travers la neige.

Dans la dernière voiture Léa se blottit contre son fiancé qui lui parle du grand chagrin d'une voix triste et monotone. Et il enlace le corps mince de la jeune fille de son bras engourdi, comme s'il voulait la protéger contre les attaques du froid et contre tout mal. Elle le regarde, les yeux pleins de reconnaissance, et dans ce tohu-bohu de plaintes et de tourmentes s'écoulent quelques mots tendres et mélancoliques qui leur font oublier la mort et le péril.

Soudain une secousse brutale qui les fait tous vaciller. Puis la voiture s'arrête.

A travers les mugissements de la tempête on perçoit de façon indistincte, venant des premiers attelages, des paroles bruyantes, le claquement de fouets et un murmure ininterrompu de voix agitées. On sort des voitures, on se précipite en avant à travers le froid coupant : un cheval s'est abattu et a entraîné le second dans sa chute. Tout autour des bêtes, les hommes qui veulent venir en aide, mais en sont incapables, car le vent les pousse comme de fragiles marionnettes ; les flocons de neige les aveuglent et leurs mains sont raidies, sans force, leurs doigts semblent des morceaux de bois. Au loin, aucun secours possible, seule la plaine qui, fière de son immensité, se perd sans horizon dans la pénombre enneigée et la tempête indifférente qui engloutit leurs cris.

Alors ils reprennent pleinement conscience de leur triste situation. Sous une forme nouvelle, effroyable, la mort cherche à s'emparer de ceux qui sont réunis, sans défense, dans leur impuissance face aux forces de la nature qu'ils ne peuvent ni combattre ni vaincre, face à l'arme fatale que représente le froid.

La tempête claironne continuellement à leurs oreilles ces mots : c'est ici que tu dois mourir — mourir. Et la peur de la mort se transforme chez eux en une résignation et un fatalisme désespéré.

Personne ne l'a dit à voix haute, tous ont eu simultanément la même pensée. Autant que le permettent leurs membres engourdis, ils remontent gauchement dans les voitures, étroitement serrés, pour mourir. Ils n'espèrent plus aucune aide.

Ils se blottissent l'un contre l'autre, chacun contre ceux qui lui sont le plus cher pour être ensemble dans le trépas. Dehors la tempête, leur compagne de chaque instant, chante un air funèbre et les flocons de neige construisent autour des chariots un grand cercueil lumineux.

La fin approche lentement. Le froid glacial et mordant pénètre de tous les côtés, par tous les pores, ainsi qu'un poison qui doucement, sûr de son succès, s'empare des membres, l'un après l'autre.

Les minutes s'écoulent avec lenteur, comme si elles voulaient donner à la mort le temps d'accomplir sa grande œuvre de délivrance.

De longues heures pesantes passent, et chacune d'elles emporte des âmes abattues vers l'éternité.

La tempête chante, joyeuse, et se rit avec sauvagerie de ce drame de la vie quotidienne. Tandis que la lune répand négligemment sa lumière argentée sur la vie et sur la mort.

Dans la dernière voiture règne un calme profond. Quelques-uns sont déjà trépassés, d'autres subissent l'emprise hallucinatoire qui embellit la fin de ceux qui périssent par le froid. Mais ils sont tous silencieux, inertes, les pensées seules jaillissent en désordre, pareilles à des éclairs brûlants.

De ses mains glacées Josué serre sa fiancée contre lui. Déjà elle n'est plus, mais il ne le sait pas. Il rêve. Il est assis avec elle dans la chambre chaude et odorante ; le chandelier d'or flambe de ses sept bougies et ils sont tous ensemble à nouveau, comme jadis. La joie de la fête se reflète sur les visages souriants des assistants qui échangent des propos amènes et qui prient. Et voilà que des êtres disparus depuis longtemps, ses défunts parents eux-mêmes, entrent par la grande porte ; mais cela ne le surprend pas. Ils s'embrassent tendrement et prononcent des paroles familières. Et ils sont de plus en plus nombreux à s'approcher, des juifs vêtus de costumes et d'habits de cérémonie anciens et fanés, puis viennent les héros, Judas Maccabée et tous les autres ; ils prennent place auprès d'eux, ils parlent, ils sont gais. Et ils s'approchent toujours en plus grand nombre. La pièce est remplie de monde, les yeux de Josué sont fatigués par le va-et-vient de ceux qui se déplacent de plus en plus rapidement et courent dans tous les sens, tout ce bruit chaotique fait bourdonner ses oreilles. Le sang bat dans ses artères, il gronde, il bout, plus fort, toujours plus fort.

Et soudain tout est calme, tout est fini.

Le soleil s'est à présent levé et les flocons de neige qui continuent de se précipiter vers le sol scintillent ainsi que des diamants. La haute colline que la neige a dressée pendant la nuit dans la plaine resplendit, comme recouverte de pierres précieuses.

C'est un soleil joyeux et puissant, presque un soleil printanier, qui s'est mis tout à coup à briller. Et en vérité le printemps n'est plus loin. Bientôt il fera de nouveau bourgeonner et verdir la nature et enlèvera le blanc linceul sur la tombe des pauvres juifs égarés et morts de froid qui, de leur vie, n'avaient jamais connu les beaux jours.

LA LÉGENDE
DE LA TROISIÈME COLOMBE

Le Livre du commencement des temps raconte l'histoire de la première colombe et celle de la deuxième que le patriarche Noé envoya comme messagères hors de l'arche lorsque les écluses du ciel se fermèrent et que les eaux des profondeurs tarirent. Pourtant le voyage et le destin de la troisième colombe, qui en a témoigné ? Le vaisseau salvateur qui renfermait en son sein toutes les espèces vivantes épargnées par le déluge avait échoué sur le sommet du mont Ararat et lorsque, du mât, le patriarche ne vit que flots et ondes, des eaux à l'infini, il lâcha une colombe, la première, pour qu'elle l'informe si quelque part on apercevait déjà la terre sous le ciel sans nuages.

La première colombe, selon le récit qui en est fait, s'éleva et déploya ses ailes. Elle vola vers l'est et vers l'ouest, mais l'eau était encore partout. Nulle part elle ne trouva de repos et peu à peu elle ressentit de la lassitude. Aussi retourna-t-elle au seul point ferme du monde, l'arche, et elle voltigea autour de l'embarcation qui reposait sur le sommet de la montagne jusqu'à ce que Noé tendît la main et la fît rentrer auprès de lui dans l'arche.

Il attendit encore sept jours, sept jours au cours desquels aucune pluie ne tomba et les eaux baissèrent, puis il prit une nouvelle colombe, la deuxième, et il l'envoya pour qu'elle lui rapporte des nouvelles. La colombe s'envola le matin et, lorsqu'elle revint, vers le soir, elle portait dans son bec un rameau d'olivier, premier signe que la terre était délivrée. Noé reconnut ainsi que les cimes des arbres avaient déjà émergé et que l'épreuve était terminée.

Au bout de sept autres jours, il envoya de nouveau en reconnaissance une colombe, la troisième, et elle s'envola par le monde. Elle prit son envol le matin, mais ne rentra pas le soir ; jour après jour Noé attendit, elle ne revint pas. Le patriarche sut alors que la terre était libérée et que les eaux avaient baissé. Mais de la colombe, de la troisième colombe, il n'entendit plus parler à aucun moment, et l'humanité non plus, jamais jusqu'à nos jours sa légende ne fut révélée.

Tels furent en réalité le périple et le destin de la troisième colombe. A l'aube, elle s'était envolée de l'intérieur étouffant du navire, où les bêtes serrées les unes contre les autres grondaient d'impatience dans l'obscurité, et où sabots et griffes se côtoyaient dans la cohue au milieu du bruit confus des beuglements, des sifflements divers et des aboiements, elle avait quitté cet espace exigu pour les lointains infinis, l'obscurité pour la lumière. Alors qu'elle s'élevait dans l'air radieux, doucement parfumé par la pluie, voguèrent soudain autour d'elle la liberté et la grâce de l'immensité. Les profondeurs des eaux scintillaient, le vert des forêts resplendissait comme de la mousse humide, des prairies montait la vapeur blanche de l'aube et la fermentation des plantes les imprégnait d'une odeur suave. Les cieux renvoyaient un éclat métallique, au faîte des montagnes le soleil levant se réfléchissait en aurores innombrables, la mer brillait, sanglante, la terre florissante fumait, pareille à du sang chaud. C'était un spectacle divin que ce réveil et, le regard plein de félicité, la colombe se berçait, ses ailes déployées au-dessus du monde empourpré ; elle survola pays et mers et devint peu à peu en rêve, elle aussi, un rêve qui se balançait. Ainsi que Dieu lui-même elle fut la première à voir la terre libérée et cette vision était infinie. Elle avait depuis longtemps oublié Noé, le vieillard à barbe blanche de l'arche, et sa mission, oublié depuis longtemps qu'il lui fallait rentrer. Car le monde était devenu désormais sa patrie et le ciel sa véritable demeure.

Et ainsi la troisième colombe, messagère infidèle du patriarche, survola le monde vide, plus loin, toujours plus loin, portée par l'ouragan de son bonheur, par les vents de son impatience bienheureuse, elle vola plus loin, toujours plus loin, jusqu'au moment où ses ailes se firent lourdes et son plumage de plomb. La terre l'attirait à elle de toutes ses forces, ses ailes lasses s'affaissaient toujours davantage, frôlant déjà les cimes des arbres humides, et le soir du deuxième jour elle se laissa enfin tomber dans la profondeur d'une forêt qui, comme tout le reste, était encore sans nom en ce commencement des temps. Elle s'abrita au sein d'un fourré et se reposa de son voyage dans les airs. Des ramilles la recouvraient, le vent la berçait, il faisait frais le jour parmi les branchages et chaud la nuit dans ce logis boisé. Elle oublia bientôt cieux et vents, ainsi que l'appel des lointains, la voûte verte l'enveloppait et le temps s'écoula sur elle sans compter.

C'était une forêt de notre monde tout proche dans laquelle la colombe égarée avait élu domicile, mais aucun être humain ne s'y trouvait encore, et dans cette solitude elle se transforma elle-même peu à peu en rêve. Elle avait fait son nid dans l'obscurité, dans la nuit verte, et les années passèrent sur elle, et la mort l'oublia, car tous les animaux, un de chaque espèce, qui ont vu le monde des débuts, avant le déluge, ne peuvent pas mourir et aucun chasseur ne peut rien contre eux. Ils nichent, invisibles, dans les replis inexplorés du manteau terrestre, comme cette colombe dans les profondeurs de la forêt. Parfois, certes, elle pressentait la présence des hommes, un coup de feu retentissait, répercuté au centuple par les vertes parois, des bûcherons cognaient contre les troncs, à en faire vibrer les ténèbres alentour, le rire léger des amoureux enlacés qui s'écartaient du chemin lui parvenait en secret tel un roucoulement dans les branchages et le chant des enfants, à la recherche de baies, résonnait grêle et lointain. La colombe enfouie dans ce tissu de feuilles et de rêve entendait parfois ces voix venues du monde, mais elle les écoutait sans peur et restait dans son obscurité.

Un jour pourtant, en ce temps-là, la forêt tout entière se mit à gronder, et il y eut des bruits de tonnerre, comme si la terre se fendait en deux : des masses noires, métalliques, traversaient l'air en sifflant et, là où elles tombaient, elle éclatait, terrifiée, et les arbres se brisaient comme des fétus de paille. Des hommes en vêtements colorés se jetaient la mort à la face et les machines effroyables lançaient le feu et l'incendie. Des éclairs jaillissaient du sol en direction des nuages, suivis par le tonnerre ; on eût dit que la terre voulait sauter jusqu'au ciel ou le ciel s'abattre sur la terre. La colombe fut tirée de son rêve. La mort, la destruction étaient au-dessus d'elle ; comme les eaux jadis, le feu se propageait maintenant à travers le monde. D'un mouvement brusque elle déploya ses ailes et prit son envol dans un bruissement, en quête d'un autre asile que cette forêt en train de s'effondrer, en quête d'un lieu de paix.

Elle s'éleva dans les airs et survola notre monde pour trouver la paix, mais partout où elle allait, c'étaient ces éclairs, ce tonnerre humain, partout c'était la guerre. Une mer de feu et de sang submergeait la terre comme autrefois, c'était un nouveau déluge. Et elle traversa à la hâte nos pays afin de découvrir un endroit où se reposer et de rejoindre ensuite le patriarche pour lui apporter le rameau d'olivier de l'espoir ; mais celui-ci était introuvable en ces jours. Les flots de la destruction, de plus en plus hauts, recouvraient l'humanité, l'incendie continuait à dévorer notre monde, toujours plus loin. Elle n'a pas encore rencontré le repos, non plus que l'humanité la paix, et il lui est interdit de rentrer avant, de se reposer pour l'éternité.

Aujourd'hui personne ne l'a vue, la colombe mythique égarée, à la recherche de la paix, pourtant elle volette au-dessus de nos têtes, inquiète et déjà si lasse. Parfois, la nuit seulement, lorsqu'on se réveille en sursaut, on entend un bruissement là-haut dans les airs, une course précipitée dans l'obscurité, un vol tourmenté et une fuite désemparée. Sur ses ailes flottent toutes nos pensées sombres, dans sa peur palpitent tous nos désirs et celle qui plane, tremblante, entre ciel et terre, la colombe égarée, c'est notre propre destin qu'elle annonce maintenant, messagère infidèle d'autrefois, au père primitif de l'humanité. Et à nouveau, comme il y a des milliers d'années, un monde attend celui qui lui tendra la main et reconnaîtra que l'épreuve a été suffisante.

LA CROIX

C'était pendant la guerre, en 1810. Sur la route des armées en Catalogne, un gigantesque nuage de fumée âcre roulait vers Holstarich si vaillamment défendue par les Espagnols et si obstinément attaquée par les Français. Parfois un coup de vent négligent déchirait le voile blanc d'où émergeaient, semblables à des ombres, de lourdes voitures, des groupes désorganisés de soldats, des chevaux au pas fatigué et traînant, tout un transport de ravitaillement qu'un colonel expérimenté protégeait avec sa troupe. Sinueux et oblique, le chemin clair quittait le paysage argileux et ondoyant des collines pour se diriger vers une petite forêt qui flamboyait dans une lueur violette et dont les bords étaient rougis par le soleil couchant. Et déjà le nuage de poussière atteignait nonchalamment la pénombre des arbres qui attendait en silence les grincements du convoi.

Soudain, telle une fusée, un coup de feu dans l'obscurité. De toute évidence un signal. Une seconde plus tard, des rafales meurtrières s'abattaient avec fracas sur le convoi encerclé. A droite et à gauche des soldats tombaient avant d'avoir le temps de prendre leur fusil, les chevaux effrayés se cabraient en hennissant si bien que les voitures se renversaient ou se percutaient dans un choc assourdi. D'un regard, le colonel embrassa la situation : résister était de la folie, fuir serait dangereux. Ainsi qu'une trompette, son appel couvrit le bruit. Il ordonna l'attaque sur un flanc, abandonnant vivres et blessés à l'ennemi. De ses mains fébriles le petit tambour faisait crépiter frénétiquement son instrument et dans un élan impétueux, furieux, les Français bondirent en désordre vers le côté gauche de la route puis dans la forêt dont les arbres furent pris d'une étrange animation. Des éclairs filaient du haut des cimes qui oscillaient sous un poids inaccoutumé, des formes sombres se glissaient, pareilles à de noirs serpents, le long des branches et, de temps à autre, dans un bruit mat, une masse humaine tombait, tel un fruit gigantesque, des rameaux encore tout vibrants de colère. Des Espagnols, tapis dans les buissons, prenaient la fuite devant les baïonnettes dardées à l'aveuglette dans l'obscurité par les Français qui fonçaient désespérément de l'avant pour gagner la clairière sur les hauteurs, cependant que déferlait le fracas sourd des coups de feu et des cris qui se perdaient en un écho terrifiant. En tête, le colonel donnait l'assaut, pistolet et sabre au poing. Soudain son bras se tendit, raide, vers le ciel et sa main se crispa. Son pied s'était pris dans une racine et au moment où il s'effondra, sa tête fut projetée avec tant de force contre un arbre qu'il tomba, le regard vide, dans la pénombre d'un fourré dont les broussailles fondirent violemment sur lui. Le combat continua à faire rage sans souci de celui qui avait perdu connaissance.

Lorsque le colonel rouvrit les yeux, il était allongé seul, dans les ténèbres et le silence. Au-dessus de lui les branches se balançaient dans les ombres du soir, remplissant l'air d'un bruissement étouffé. Quand il voulut lever la tête il sentit du sang sur ses lèvres. L'esprit encore mal assuré, il suivit des doigts les traces des égratignures laissées par les broussailles qui s'étaient abattues sur son visage. La mémoire lui revint bientôt. Du lieu de l'attaque le vent lui faisait parvenir de façon indistincte le bruit confus de chevaux attelés et de roues qui s'éloignaient, toujours plus loin. A l'évidence, les guérilleros victorieux emportaient leur butin. Et déjà aux premiers souvenirs se mêlait une douleur sourde : le colonel sentait que la décision lui avait totalement échappé et qu'elle ne relevait plus que du jeu du hasard. Il était seul dans une forêt étrangère, seul en pays ennemi. Un éclair de son sabre, un craquement dans le sous-bois pouvait faire de lui une proie sans défense livrée aux tortures des rebelles. Car depuis qu'Augereau avait jalonné les routes de gibets improvisés, depuis que les Espagnols étaient fusillés sans jugement, les Français trouvaient des traces de vengeances horribles dans les villages abandonnés — cadavres carbonisés de soldats brûlés à petit feu, corps en putréfaction de prisonniers empalés, autant d'images terribles des supplices endurés et de la cruauté bestiale qui s'était donné ici libre cours. Tout cela jaillit dans son cerveau si vite, de façon si éblouissante, qu'il sursauta, comme secoué par la fièvre. Autour de lui bruissait, de plus en plus sombre, la forêt funeste qui l'emprisonnait.

Le colonel réfléchit, repoussant toute décision précipitée. Seule la fuite était possible ; il devait fuir le bois de nuit, soit en direction de Holstarich, soit en reprenant la route jusqu'à ce qu'il rencontre à nouveau des troupes françaises. Fuir à tout prix, il le sentait, même si la pensée de son impuissance pitoyable lui consumait le cœur. La lumière blafarde au-dessus des cimes le condamnait encore à l'inactivité. Les lèvres serrées et les yeux brûlants, allongé immobile dans le fourré, il devait continuer à attendre, attendre le disque rond de la lune qui se dégageait dans une lueur verdâtre des brumes vespérales pour flotter vers le firmament, il lui fallait prêter l'oreille à chaque vibration du sol, chaque frémissement de l'air, chaque cri d'oiseau venant des profondeurs de la forêt, chaque gémissement dans les branches bercées par le vent du soir. Il fut rempli d'effroi au souvenir des interminables nuits d'Egypte, de ces ciels nocturnes d'un jaune sulfureux, débordants d'un silence absolu et d'une indicible menace. Son cœur ployait sous le poids d'un abandon sans espoir.

Après des heures et des heures, lorsque le bois fut comme gelé dans la lumière froide de la lune, il retourna en rampant prudemment sur les genoux vers le lieu de l'attaque, tremblant moins de peur que d'une ardeur fébrile liée à cette attente indécise. Avec d'infinies précautions, qui constituaient la plus effroyable des tortures dans l'état d'excitation où il se trouvait, il tâtonnait à quatre pattes à travers les broussailles et le réseau serré des racines. Le trajet d'un arbre à l'autre durait une éternité. Enfin, aussi claire qu'un étang, la route se dégagea, étincelante, par-delà les ténèbres de la lisière endormie.

Soulagé, il se redressa et se mit à marcher à grands pas sur le chemin abandonné, le pistolet à la main et prêt à dégainer son sabre. C'est alors qu'il sursauta : une ombre glissait juste devant lui. Puis elle recula. Elle s'approcha et s'éloigna à nouveau, de façon très imprécise et cependant perceptible comme un souffle froid.

Le colonel serra son pistolet et fixa son regard sur l'obscurité des arbres. Mais aucun bruit ne jaillit. Et pourtant, lentement, sans cesse, l'ombre revenait ramper sur les pierres de la route pour s'estomper encore, inquiète, irréelle. Elle allait et venait, évoquant l'oscillation d'un pendule, mystérieuse et silencieuse, fantôme de la nuit. Hors d'haleine, le colonel poursuivit son chemin. Et soudain il eut un frémissement d'horreur lorsqu'il leva les yeux vers la lumière de la lune.

Au-dessus de sa tête, un corps nu se balançait à la branche inclinée d'un jeune chêne-liège, projetant une lueur blafarde et terrifiante dans cette clarté crayeuse. Il se balançait paisiblement, comme l'ombre sur la route. Et à mesure que le regard effrayé du colonel se déplaçait d'arbre en arbre, l'abominable vision se multipliait. Des morts, pendus haut sous le couvert des cimes, et sur lesquels le demi-jour fantomatique répandait des reflets blêmes, semblaient faire des signes étranges, agitant leurs dépouilles hâves au gré du vent. Un râle sortit de la gorge du colonel quand il vit, plantés par dérision sur leurs visages grimaçants, les bonnets à poil de ses soldats. Ses soldats, de braves gaillards courageux, avec lesquels hier encore il avait plaisanté autour du feu du bivouac, pendus par des brigands, des bandits, des Espagnols, ainsi que des poulets plumés, égorgés, ses soldats assassinés puis torturés, injuriés, conspués ! Il bondit, chancelant de colère et, pris du besoin fou d'agir, il martela du poing l'écorce des arbres. Puis il se jeta à nouveau sur le sol, les dents serrées, arrachant, broyant des racines, fiévreux, tourmenté par son impuissance et le désir ardent de faire quelque chose, de hurler, de frapper, d'étrangler, de tuer. Cette obsession cruelle le dévorait, la colère et le désespoir l'embrasaient. Et toujours les ombres sur la route et le bruissement sourd de la forêt ! Pour la première fois depuis bien des années le colonel sentit que ses yeux le brûlaient comme sous l'effet des larmes, pour la première fois ses lèvres maudirent le nom de Napoléon qui l'avait envoyé dans ce pays de criminels où l'on ne respectait pas les morts. Et il s'enfonça dans ce désarroi et cette fureur fébriles. Ses mains étaient en feu.

Soudain un bruit ! Un pas... Son sang et sa respiration, sa fièvre et sa colère, sa pensée et sa raison, tout son être fut transporté dans une seconde d'espoir. C'était bien un pas, un pas qui s'approchait, rapide. Et déjà une ombre entre les arbres, là-bas où la route tournait pour s'enfoncer dans le bois. D'instinct il se tapit dans l'obscurité en position d'attente, serrant passionnément ses armes, et un souffle de jubilation étouffée sortit de sa poitrine lorsqu'à la lueur fugitive de la lune il reconnut un Espagnol. Un courrier peut-être, un berger, un maraudeur, un soldat perdu, un paysan, ou pourquoi pas simplement un mendiant, mais — ses doigts brûlants le démangeaient — un Espagnol, un assassin, une canaille. La fureur et la détermination se conjuguèrent au service d'un seul but. Aux aguets, il laissa une avance d'un pas à l'Espagnol pressé puis, dans un cri sourd de rage, il se jeta sur l'homme terrifié, de sa main gauche il le serra convulsivement à la gorge, étouffant son cri d'effoi. Ensuite — après s'être reposé une seconde avec volupté au spectacle de ces yeux dilatés par l'agonie — il plongea son couteau dans le dos de sa victime, lentement d'abord, jouissant de la cruauté délibérée de son geste. Dans un éclair de colère il le lui enfonça encore et encore, sans relâche, à travers le dos et la gorge, de plus en plus vite, de plus en plus fort, si bien que la lame, en glissant le long des vertèbres, lui traversa la paume. La douleur et le ruissellement du sang chaud le tirèrent de sa folie. Comme pris de dégoût, il repoussa le corps chancelant qui alla s'écraser en tournoyant contre le fossé avec un bruit sourd.

Il aspira d'un coup à pleins poumons l'air frais de la nuit. Il était devenu merveilleusement libre. Colère, peur, angoisse, remords, fièvre l'avaient quitté, il ne percevait que la fraîcheur, la fraîcheur lunaire, la plénitude de l'air gonflé par une brise légère qui coulait sur ses lèvres. La force, le courage et la détermination revenaient et remplissaient ses membres : redressé de toute sa hauteur, il se sentait à nouveau le colonel de Napoléon. Libérées du passé, ses pensées s'élevaient avec calme et assurance vers l'avenir. La dépouille de l'homme tué précipitamment, dans une fureur aveugle, ne pouvait manquer de le trahir : il s'en rendait compte clairement. Lorsqu'il se pencha sur le visage grimaçant qui, à la lumière incertaine de la lune, évoquait presque celui d'un revenant, les yeux vitreux le fixèrent avec une expression sinistre. Pourtant ni la crainte ni le remords ne s'emparèrent du colonel, ni même le frisson subit d'un effroi passager. D'un geste décidé il saisit le cadavre, le traîna à travers les buissons qui ployaient de mauvaise grâce sous la charge, jusqu'à la cachette où il avait lui-même trouvé protection et il le jeta avec insouciance dans le bois. Il poussa un soupir de soulagement. Aucune agitation ne bouillonnait plus à travers son corps, mais une fatigue sourde commençait à peser sur lui, maintenant que la tension de toutes ces heures terribles s'était dissipée. Le matin ne devait plus être loin, car déjà l'éclat de la lune était plus pâle dans les fourrés. Il était donc trop tard pour fuir et il abandonna son projet. Sans réfléchir à de nouvelles possibilités, il se laissa tomber sur le sol, à peine à deux pas du mort, n'obéissant qu'à son épuisement. Et il dormit d'un sommeil de plomb, comme sur les champs de bataille d'Italie et d'Autriche, dans la solitude du trépas.

Au sortir de cette nuit horrible, le colonel se réveilla dans la lumière jaune d'une matinée nuageuse ; frissonnant à cause de la gelée et tentant de refouler la pression amère qu'il sentait dans sa gorge, il songea au tragique de sa situation. Reconnaissable en tant que soldat, ignorant la langue du pays, il lui était interdit de risquer un seul pas hors de cette forêt qui bruissait, lugubre, autour de lui. Il lui fallait attendre à nouveau, attendre sans rien faire jusqu'au soir, il lui fallait espérer le passage de troupes françaises, un événement inouï, invraisemblable. Lentement, une autre voix faisait son chemin en lui et le rongeait, inquiète et harcelante : la faim déchirait ses entrailles. Et la soif brûlait ses lèvres. Ce fut le début d'une terrible journée de tortures ; des pensées dont l'amertume était pareille à celle des racines dont il extrayait l'humidité labouraient son cerveau. Il jouait nerveusement avec son pistolet chargé qui pouvait mettre un terme à tout. Seules la douleur, la fierté — il ne voulait pas crever comme un animal dans une forêt, inutile, sans avoir lutté, loin de ses troupes — l'empêchaient d'appuyer sur la détente. Il resta étendu, accablé par sa souffrance, des heures durant, une éternité, du matin jusqu'au soir. La vie alentour suivait son cours, ironique : le pas fugace de passants sur la route effaçait parfois l'espace d'un instant l'horreur du silence, mais ensuite venaient de nouveau des heures que seuls remplissaient le sifflement du vent et le gémissement des branches. Personne ne s'approchait pour rompre les barreaux de la prison invisible ; comme un blessé sur le champ de bataille, dont les plaintes montent vers le ciel vide, il gisait là, les mains sans force et le front fiévreux, dans la forêt qui se consumait avec lenteur, moite, tandis que le soleil s'élevait à l'horizon.

Enfin, après tout ce temps de tourment insensé, les rayons du soleil devinrent obliques. Le soir tombait, apportant avec lui une résolution désespérée. D'un geste brusque, le colonel arracha ses vêtements et les jeta dans l'obscurité. Puis il avança à tâtons à travers le labyrinthe de feuilles jusqu'au lieu où se trouvait, face contre terre, le cadavre de l'Espagnol assassiné ; il le planta sur ses pieds, prit un à un ses habits et arracha la mantille ensanglantée de la main contractée par la mort. Et sans le moindre effroi, mû par la décision inébranlable qu'il venait de prendre, il s'enveloppa dans le costume espagnol, rabattant sur son dos la partie du manteau couverte par une large trace de sang encore humide. C'est ainsi qu'il voulait fuir, qu'il voulait mendier du pain ; apaiser le feu qui lui brûlait la gorge, qui déchirait ses entrailles. Il voulait échapper à ce piège horrible, à cette forêt de la mort ; voir des gens, ne plus vivre comme une bête au milieu de cadavres, traqué par la peur et la faim, retrouver son armée, son empereur, fût-ce au prix de son honneur. Un sanglot lui noua la gorge lorsqu'il vit son uniforme délaissé, pareil à une dépouille, cet uniforme qu'il avait porté au cours de vingt combats, qui ne faisait qu'un avec lui, comme la mère avec son enfant. Mais le besoin de manger le poussa en avant, vers la route, vers le crépuscule. Alors qu'il se retournait pour un dernier adieu, il perçut à travers l'éclat des larmes une lueur pareille à celle d'un œil. C'était la croix dont Napoléon en personne l'avait décoré sur le champ de bataille. Il lui était impossible de l'abandonner. De son poignard ensanglanté il la détacha et la cacha dans sa poche. Et il partit ; il allait de l'avant, il se pressait à grands pas vers la route.

A une lieue à peine du bosquet il y avait, il le savait, un petit village désolé. La compagnie y avait fait halte et il se rappelait vaguement — torturé par la faim qui le harcelait et par le martèlement de son sang — une fontaine ronde sur la place où ils avaient abreuvé les chevaux. Les faces sombres des Espagnols resurgirent aussi à sa mémoire, les traîtres dissimulant avec peine leur sarcasme, mais tous ces souvenirs se fondaient en une seule sensation : la faim ! Chancelant presque, il se hâta de descendre la route déjà obscure, le visage dissimulé par son chapeau, il se hâta pour conjurer par sa course enragée l'irruption de la faim, il se hâta, hors d'haleine, jusqu'à ce qu'il vît enfin l'obscurité prendre une forme, jusqu'au moment où des maisons, étroites et imbriquées, se détachèrent des nuages vespéraux. Il se dirigea à tâtons vers la place, il laissa d'abord couler dans sa gorge l'eau fraîche qui jaillissait et y plongea avec avidité ses mains et son front fiévreux. Pour la première fois depuis des heures interminables, il fut traversé par un sentiment de bien-être. Mais aussitôt après, il ressentit à nouveau la faim qui lui lacérait le corps et qui le poussait à continuer, en direction de la première habitation. Il frappa, inquiet, à la porte vermoulue. Une vieille femme au visage jaune, sillonné de rides, entrouvrit avec un regard méfiant et méchant. Il désigna ses lèvres à la façon des muets et eut un geste de supplication. En cette seconde son cœur de soldat était mort, enterré dans la forêt, là-haut, avec son sabre et son habit. La femme se détourna en signe de refus et voulut fermer l'huis. Mais l'homme affamé, comme enivré par les odeurs de graisse et de roussi qui émanaient de la maison, oubliant toute fierté, devenu semblable à une bête dans la fureur de son désir, lui saisit le bras pour l'implorer, alors qu'elle reculait, épouvantée. Ses yeux étaient traversés d'éclairs de folie. Pour toute réponse, elle rejeta la lourde porte contre le front de celui qui s'avançait, si bien qu'il chancela, étourdi. Un furieux juron français s'échappa de sa gorge ; effrayé, le colonel regarda autour de lui. Grâce à Dieu personne ne l'avait entendu ; il pouvait continuer à jouer les mendiants sourds-muets. Ce qu'il fit, le cœur en feu. Il alla de maison en maison jusqu'à ce qu'il eût enfin dans la main quelques petits bouts de pain jaunâtre et cinq, six olives suintantes. Il avala tout avidement, engloutissant en même temps la faim, le dégoût, la honte, il dévora comme un animal, le regard éteint et les traits grimaçants. Il n'avait pas encore dépassé la dernière remise du village que ses mains étaient vides.

Avec les ombres de la nuit qui s'élevaient autour de lui resurgissait une terrible question. Où aller ? Il avait voulu fuir, reprendre le chemin emprunté par la colonne. Mais à présent ses pieds étaient de plomb. Et il avait perdu tout ressort. Depuis qu'il portait un habit étranger et qu'il avait mendié de porte en porte, son courage et sa témérité s'étaient évanouis, sa volonté de vivre s'était affaiblie et partait à la dérive. Son être entier était empli d'une morne indolence. Et sans le savoir il se traîna à nouveau machinalement vers la forêt qui l'avait emprisonné, qui semblait le tenir et l'attirer avec une force mystérieuse. La route qu'il avait suivie une première fois en compagnie de ses soldats, serein, insouciant, le ramenait dans ce bois où la mort les avait guettés, où elle pendait encore entre les branches noires, dans un bruissement fantomatique. Mais il était poussé vers ce lieu, comme dans un rêve. Le besoin de se reposer, de se reposer enfin, de se fondre entièrement dans la langueur du sommeil l'entraînait de façon irrésistible vers la masse sombre des arbres. Il escalada péniblement le talus et, l'esprit vide, sans la moindre sensation, il se laissa tomber tout près du bord de la route. Il n'osa pas aller plus loin, pour éviter le spectacle de ses compagnons morts, pour ne plus voir son habit de soldat, loque sanglante qui gisait dans l'obscurité et semblait se rire de lui, pour ne pas reconnaître le pressentiment de la mort dans ces signes. Avec la foi d'un prêtre il serra la croix dans sa poche. Elle était sa raison d'exulter, d'espérer, mais aussi de se lamenter.

Et une nouvelle nuit commença, la seconde, une nuit terrible, baignée par la lune et par une multitude de froides étoiles, avec un firmament d'une clarté désespérante, infiniment muet, d'où s'abattait une solitude pesante. De ses yeux secs, brûlés, fous, il fixait le chemin qui s'enfonçait, tout blanc, dans l'absurdité des ténèbres. Que verrait-il arriver sur ce chemin ? L'espoir, la libération, des amis ? Peut-être une diligence qui le recueillerait, des troupes françaises ? Mais toutes ces pensées se fondaient dans l'immensité de sa fatigue, intimement mêlées au bruissement sourd des feuilles, à l'éclat lointain et tremblant des étoiles et aux rayons fugaces de la lune. Il reposait dans l'isolement de cette forêt comme dans un tombeau.

Au point du jour un bruit strident réveilla le colonel. Un oiseau, pensa-t-il, encore chancelant de sommeil, fixant ses regards sur l'épais brouillard matinal. Mais à nouveau — n'était-ce pas un rêve funeste ? — non, voilà que lui parvint, tout à fait net, tout à fait distinct, le signal d'un cor, la sonnerie de troupes toutes proches...

Brusquement son sang se figea. Etait-il possible que ce soient vraiment des Français, des amis, des sauveurs ? Allait-il finalement revenir à la vie ? Une exultation démente, indicible, lui monta à la gorge. Il se redressa d'un bond — et il les vit arriver, sur la route, des soldats français en rangs lâches, il vit les bonnets, les sabres, les drapeaux, les canons. A l'évidence un corps de renfort pour Holstarich.

Il se rua à leur rencontre, toute faculté de réflexion balayée par la jubilation. Oubliant son sort, le danger, son déguisement, trébuchant dans son impatience folle, il s'élança au-devant des libérateurs, agitant d'une main la mantille en signe de salut et de l'autre son pistolet. Et un cri monta dans le ciel matinal, un cri perçant, animal, plein de peur, de tourment et de désespoir, un cri empli d'une allégresse surhumaine qui s'élevait dans les airs. Alors qu'il fonçait ainsi vers la clairière, l'inévitable se produisit. Deux, quatre, dix coups de feu — une salve entière — crépitèrent en direction du prétendu Espagnol qui, porté encore par sa course effrénée, fit quelques pas chancelants, hésita, vacilla et s'abattit, inondé de sang. Le bataillon se forma rapidement. On escomptait une attaque, des signaux retentirent, il y eut un roulement de tambour. Puis un silence de plomb. En armes, retenant leur souffle, tous attendaient, aux aguets. Mais aucun ennemi ne se montrait, les tirailleurs envoyés en reconnaissance ne signalaient rien non plus. L'ordre se rompit à nouveau. Sans réfléchir plus avant à leur erreur — ce n'était après tout qu'un Espagnol —, les soldats mirent leur fusil sur l'épaule et la marche reprit, ils entrèrent dans la forêt, en direction de Holstarich.

Seuls quelques-uns quittèrent les rangs pour piller le cadavre. Sans prêter attention au léger râle du moribond, ils arrachèrent ses vêtements et fouillèrent ses poches. Et ils furent saisis d'une fureur sans bornes lorsque l'un d'entre eux trouva parmi les lambeaux sanglants la croix du colonel porté disparu. Une croix de Napoléon dans la poche d'un bandit espagnol ! A coups de crosse acharnés ils défoncèrent la cervelle du prétendu meurtrier, dans une rage aveugle ils frappèrent le corps dénudé et le piétinèrent avec force jurons ; puis ils lancèrent la dépouille du malheureux dans le champ d'un geste si vigoureux, si brutal que le corps — labourant l'air de ses mains d'une façon terrible — retomba bras écartés, telle une croix immense et claire, flamboyant sur le sol noir, brûlé.

AU BORD DU LAC LÉMAN

Une nuit d'été de 1918, non loin du petit village suisse de Villeneuve, un pêcheur qui avait sorti sa barque sur le lac Léman remarqua un objet étrange au milieu de l'eau. En s'approchant il découvrit une embarcation faite de poutres mal assemblées qu'un homme nu, épuisé, tentait maladroitement de faire avancer, en ramant à l'aide d'une planche ; étonné, le pêcheur s'approcha, l'aida à monter dans sa barque, recouvrit sa nudité tant bien que mal avec des filets. Puis il essaya de parler à l'inconnu tremblant de froid, recroquevillé craintivement dans un coin du bateau ; mais celui-ci répondit dans une langue étrange dont il ne reconnut pas un seul mot. Le pêcheur renonça bientôt à toute autre tentative, remonta ses filets et se dirigea à grands coups de rames vers la terre ferme.

A mesure que les contours de la rive se dessinaient dans la lumière de l'aube, le visage de l'individu s'éclaira lui aussi ; sa large bouche encadrée d'une barbe hirsute esquissa un rire enfantin. En désignant d'une main le bord du lac il se mit à balbutier ; le mot qu'il ne cessait de répéter, sur un ton interrogatif et cependant à moitié assuré, ressemblait à « rossiya » et, plus la quille de la barque s'approchait, plus il le prononçait avec béatitude. Enfin le fond de la barque crissa sur le sable ; les parentes du pêcheur, qui attendaient le butin enlevé aux eaux, se dispersèrent en criant, comme jadis les servantes de Nausicaa, à la vue de l'homme nu dans les filets. Peu à peu, attirés par l'étrange nouvelle, différents hommes du village s'assemblèrent, auxquels vint aussitôt se joindre l'huissier, qui était un être loyal, zélé et conscient de sa dignité. Fort d'une certaine instruction et de la riche expérience des années de guerre, il fut tout de suite certain qu'il s'agissait là d'un déserteur, venu du côté français à la nage. Il s'apprêtait déjà à entamer un interrogatoire en bonne et due forme, mais l'homme nu (auquel des habitants avaient entre-temps donné une veste et un pantalon de coutil) se contentant de répéter « rossiya ? rossiya ? » sur un ton de plus en plus craintif et mal assuré, cette tentative perdit rapidement tout son sens. Quelque peu contrarié par cet échec, l'huissier, avec des gestes dépourvus d'ambiguïté, ordonna à l'étranger de le suivre, et, au milieu des cris des enfants de la commune qui s'étaient maintenant réveillés, l'homme fut conduit, trempé, dans ses vêtements beaucoup trop grands pour lui, à la mairie où il fut placé en garde à vue. Il ne se défendit pas, ne prononça pas une parole, ses yeux clairs s'étaient assombris sous l'effet de la déception, et il courbait les épaules comme s'il redoutait d'être frappé.

Pendant ce temps, la nouvelle de la pêche humaine s'était répandue jusqu'aux hôtels du voisinage et, heureux de cet épisode distrayant qui venait rompre la monotonie de la journée, quelques dames et quelques messieurs se déplacèrent pour examiner le sauvage. Une dame lui offrit des sucreries mais, aussi méfiant qu'un singe, il n'y toucha pas ; un monsieur prit une photographie ; tous bavardaient gaiement autour de lui. Arriva enfin le directeur d'un grand hôtel qui avait longtemps vécu à l'étranger et qui connaissait plusieurs langues ; il adressa la parole à l'homme tout apeuré successivement en allemand, en italien, en anglais, et finalement en russe. A peine eut-il entendu le premier son de sa langue natale que l'inconnu tressaillit, un large rire fendit son visage bon enfant d'une oreille à l'autre et, soudain plein d'assurance et de confiance, il se mit à raconter son histoire. Elle était très longue, et très confuse, quelques éléments échappèrent à la compréhension de l'interprète de fortune. Voici toutefois, pour l'essentiel, ce qui lui était arrivé.

Il avait combattu en Russie ; puis, un beau jour, ils avaient été entassés, lui et des milliers d'autres soldats, dans des wagons ; ils étaient allés très loin. On les avait ensuite chargés sur des bateaux ; ils y étaient restés encore plus longtemps, traversant des régions où il faisait si chaud que « les os vous fondaient dans la chair », pour reprendre son expression. Ils avaient finalement débarqué quelque part, on les avait à nouveau entassés dans des wagons, et soudain ils avaient dû prendre d'assaut une colline ; il n'en savait pas davantage parce que, dès le début, il avait été touché d'une balle dans la jambe. Les personnes présentes, auxquelles l'interprète traduisait questions et réponses, comprirent tout de suite que ce fugitif faisait partie des divisions russes que l'on avait envoyées par la Sibérie et Vladivostok sur le front français, leur faisant parcourir la moitié de la terre. Tous éprouvèrent, en même temps qu'une certaine pitié, l'envie de savoir comment il avait pu entreprendre cette étrange fuite. Avec un sourire mi-bon enfant, mi-rusé, le Russe raconta de bonne grâce qu'à peine guéri il avait demandé aux infirmiers où était la Russie ; ceux-ci lui avaient indiqué une direction, qu'il avait retenue approximativement grâce à l'emplacement du soleil et des étoiles. Il s'était alors échappé, marchant la nuit et se cachant le jour dans des fenils pour éviter les patrouilles. Il s'était nourri pendant dix jours de fruits et de pain mendié, et il était enfin arrivé à ce lac. Ses explications se firent ensuite plus embrouillées. Originaire des environs du lac Baïkal, il avait, semble-t-il, pensé que l'autre rive, dont il apercevait les contours accidentés dans la lumière du soir, appartenait à la Russie. Toujours est-il qu'il avait volé deux poutres dans une cabane, et il était parvenu, allongé sur le ventre et ramant à l'aide d'une planche, à l'endroit où le pêcheur l'avait trouvé. Il termina son récit en demandant anxieusement s'il pourrait être dès le lendemain chez lui. A peine traduite, cette question, par l'ignorance dont elle faisait preuve, déclencha l'hilarité générale, qui céda cependant rapidement la place à la pitié et à l'émotion ; et chacun donna quelques pièces ou quelques billets à l'homme qui jetait autour de lui des regards troublés et misérables.

Entre-temps, à la suite de contacts téléphoniques, un officier supérieur de police était arrivé de Montreux pour établir un procès-verbal, ce qu'il fit non sans peine. En effet, aux déficiences de l'interprète de fortune vint très vite s'ajouter l'inculture — inconcevable pour des Occidentaux — de cet homme : il ne connaissait de lui-même guère plus que son propre prénom, Boris, et ne fut capable de donner sur son village natal que des indications extrêmement confuses — il affirma notamment être le serf du prince Metchersky (il employa le terme de « serf » alors que la corvée avait été abolie depuis une génération) et habiter à cinquante verstes du grand lac avec sa femme et trois enfants. On commença alors à délibérer sur son sort, tandis qu'il se tenait courbé, le regard morne, au milieu des débats. Selon les uns, il fallait le remettre à la légation de Russie à Berne ; d'autres redoutaient qu'une telle mesure n'entraînât son renvoi en France ; le fonctionnaire de police expliqua que toute la difficulté consistait à déterminer s'il devait être traité comme un déserteur ou comme un étranger sans papiers ; le secrétaire de mairie écarta d'emblée la possibilité que cet étranger soit nourri et hébergé par le village. Un Français, irrité, s'écria qu'il ne fallait pas faire tant d'histoires avec ce misérable fuyard : qu'il travaille ou qu'on le renvoie ; deux femmes objectèrent avec virulence qu'il n'était pas responsable de son malheur, que c'était un crime de chasser les gens de leur patrie pour les envoyer dans un autre pays. Une querelle politique menaçait de s'engager à la suite de cet incident fortuit lorsque soudain un vieux monsieur, un Danois, s'interposa et proclama énergiquement qu'il subviendrait aux besoins de cet homme pendant huit jours, entre-temps les autorités devraient parvenir à un accord avec la légation — solution inattendue, qui parut aussitôt satisfaisante à toutes les parties en présence.

Au cours de la discussion, de plus en plus vive, le fugitif avait levé peu à peu les yeux et son regard craintif restait suspendu aux lèvres du directeur de l'hôtel ; c'était, il le savait, le seul dans tout ce vacarme à pouvoir lui expliquer le sort qui lui était réservé. Il semblait ressentir confusément le trouble suscité par sa présence et, alors que le bruit des voix s'estompait, tout à fait inconsciemment, il tendit avec ferveur, dans le silence, ses deux mains vers cet homme, comme des femmes devant une image pieuse. Chacun fut saisi par le caractère touchant de ce geste. Le directeur de l'hôtel s'approcha de lui avec bienveillance et le rassura : il ne devait pas avoir peur, il pouvait rester ici sans la moindre crainte, on prendrait soin de lui pour les jours suivants. Il retira rapidement sa main, que le Russe avait saisie pour l'embrasser. Il lui montra encore la maison voisine, une petite auberge de village où il allait être logé et nourri, lui adressa à nouveau quelques paroles chaleureuses et réconfortantes, et prit le chemin de son hôtel en lui faisant un dernier signe amical.

Immobile, le fugitif le suivit des yeux et, à mesure que le seul individu qui comprenait sa langue s'éloignait, son visage s'assombrit à nouveau. Désespéré, il regarda l'homme disparaître dans le bâtiment situé sur les hauteurs, sans prendre garde aux autres gens qui s'étonnaient de sa conduite étrange et riaient. Lorsque l'un d'entre eux, ayant pitié de lui, lui prit le bras pour le conduire à son auberge, ses épaules semblèrent s'affaisser encore davantage, et il entra la tête basse. On lui ouvrit la porte de la grande salle. Il se recroquevilla à une table, sur laquelle la servante posa en signe de bienvenue un verre d'eau-de-vie, et il resta là, toute la matinée, inerte, le regard vague. De la fenêtre, les enfants du village ne cessèrent de l'épier, ils riaient et parfois lui criaient quelque chose — il ne leva pas la tête. Ceux qui entraient l'observaient avec curiosité ; il demeurait assis, les yeux rivés à la table, le dos courbé, gêné et apeuré. A midi, à l'heure du repas, une foule remplit la salle de gaieté, autour de lui bourdonnaient des centaines de mots qu'il ne comprenait pas et, muet et sourd au milieu de l'agitation générale, il sentit avec effroi à quel point il était étranger ; ses mains se mirent alors à trembler tellement qu'il put à peine porter sa cuillère de soupe à sa bouche. Soudain une grosse larme lui coula sur la joue et alla s'écraser sur la table. Les autres s'en étaient rendu compte et firent subitement silence. Il eut honte et pencha de plus en plus sa lourde tête hirsute vers le bois sombre.

Il resta ainsi jusque vers le soir. Les gens allaient et venaient, il n'avait pas conscience de leur présence, et eux n'avaient pas conscience non plus de la sienne ; il était assis à l'ombre du poêle et faisait lui-même partie de l'ombre, les mains pesamment appuyées sur la table. Tous l'oublièrent, et personne ne le vit se lever tout à coup, à la nuit tombante, et gravir à pas feutrés, comme un animal, le chemin qui menait à l'hôtel. Il se tint une heure ou deux devant la porte, sa casquette à la main, l'air soumis, sans porter ses regards sur quiconque. Enfin un des grooms remarqua cette silhouette étrange qui, noire et figée, telle une souche, était enracinée devant l'entrée étincelante de l'hôtel, et il alla chercher le directeur. A nouveau une petite lueur apparut sur le visage assombri de l'étranger lorsqu'il s'entendit saluer dans sa langue.

« Que veux-tu, Boris ?, demanda le directeur avec bienveillance.

— Pardonnez-moi, balbutia le fugitif, je voulais seulement savoir... si je pouvais rentrer chez moi.

— Bien sûr, Boris, tu pourras rentrer chez toi, répondit son interlocuteur en souriant.

— Dès demain ? »

Le directeur de l'hôtel devint alors grave à son tour. Ces derniers mots avaient été prononcés de façon tellement implorante que le sourire s'effaça de son visage.

« Non, Boris... pas encore. Il faut attendre la fin de la guerre.

— Et quand ? Quand la guerre sera-t-elle finie ?

— Dieu seul le sait. Nous les hommes, nous l'ignorons.

— Pas avant ? Est-ce que je ne peux pas partir avant ?

— Non, Boris.

— Est-ce si loin ?

— Oui.

— A beaucoup de jours d'ici ?

— Beaucoup de jours.

— Je partirai quand même, maître ! Je suis fort. Je ne connais pas la fatigue.

— Mais tu ne peux pas, Boris. Il y a encore une frontière à traverser.

— Une frontière ? » Il le regarda sans comprendre. Le mot lui était étranger. Puis il reprit avec l'obstination curieuse qui lui était propre : « Je nagerai jusqu'à l'autre côté. »

Le directeur de l'hôtel fut tenté de sourire. Mais son interlocuteur lui faisait de la peine, et il lui expliqua calmement : « Non, Boris, ce n'est pas possible. Une frontière, c'est un pays étranger. Les gens ne te laisseront pas passer.

— Mais je ne leur veux pas de mal ! J'ai jeté mon

fusil. Pourquoi ne me laisseraient-ils pas retrouver ma femme, si je les en prie pour l'amour du Christ ? »

Le directeur devint de plus en plus sombre. Un sentiment d'amertume l'envahit.

« Non, dit-il, ils ne te laisseront pas passer, Boris. Maintenant les hommes n'écoutent plus la parole du Christ.

— Mais que dois-je faire, maître ? Je ne peux pas rester ici. Les gens ne me comprennent pas, et je ne les comprends pas.

— Tu apprendras, Boris.

— Non, maître, le Russe inclina profondément la tête, je ne peux rien apprendre. Je ne sais que travailler dans un champ. Je ne sais rien faire d'autre. Que ferais-je ici ? Je veux rentrer chez moi. Montre-moi le chemin !

— Actuellement, il n'y a pas de chemin, Boris.

— Mais ils ne peuvent quand même pas m'empêcher de retourner auprès de ma femme et de mes enfants ! Je ne suis plus soldat !

— Ils le peuvent, Boris.

— Et le tsar ? » Il posa cette question tout d'un coup, tremblant d'espoir et de respect.

« Il n'y a plus de tsar, Boris. Les hommes l'ont destitué.

— Il n'y a plus de tsar ? » Il fixa son interlocuteur d'un air hébété. Une dernière lueur s'éteignit dans son regard, puis il dit sur un ton très las : « Alors, je ne peux pas rentrer chez moi ?

— Pas encore, Boris. Il faut que tu attendes.

— Longtemps ?

— Je ne sais pas. »

Dans l'obscurité son visage prit une expression de plus en plus sombre. « J'ai déjà attendu si longtemps ! Je ne peux plus attendre. Montre-moi le chemin ! Je veux essayer !

— Il n'y a pas de chemin, Boris. Ils t'arrêteront à la frontière. Reste ici, nous te trouverons du travail !

— Les gens ici ne me comprennent pas, et je ne les comprends pas, s'obstina-t-il. Je ne peux pas vivre ici ! Aide-moi, maître !

— Je ne peux pas, Boris.

— Aide-moi, maître, pour l'amour du Christ ! Aide-moi, je suis à bout !

— Je ne peux pas, Boris. Personne ne peut actuellement aider personne. »

Ils demeurèrent muets l'un en face de l'autre. Boris tordait sa casquette dans ses mains. « Pourquoi alors m'ont-ils fait partir de chez moi ? Ils ont dit que je devais défendre la Russie et le tsar. Mais la Russie est loin d'ici, et le tsar, tu dis qu'ils l'ont..., comment as-tu dit ?

— Destitué.

— Destitué. » Il répéta ce mot sans comprendre. « Que vais-je faire maintenant, maître ? Il faut que je rentre à la maison ! Mes enfants m'appellent à grands cris. Je ne peux pas vivre ici ! Aide-moi, maître, aide-moi !

— Je ne peux pas, Boris.

— Et personne ne peut m'aider ?

— Actuellement, personne. »

Le Russe courba davantage la tête, puis il dit soudain d'une voix sourde : « Je te remercie, maître », et se retourna.

Il descendit très lentement le chemin. Le directeur de l'hôtel le suivit longtemps des yeux, et s'étonna de voir qu'il ne prenait pas la direction de son auberge, mais celle des marches conduisant au lac. Il poussa un profond soupir et retourna à son travail.

Le hasard voulut que ce fût le même pêcheur qui trouva le lendemain le corps entièrement nu du noyé. Il avait posé avec soin sur le rivage le pantalon, la casquette et la veste qu'on lui avait offerts, et était entré dans l'eau ainsi qu'il en était sorti. On établit un nouveau procès-verbal et, comme on ne connaissait pas le nom de l'étranger, on planta sur sa tombe une croix de bois bon marché, une de ces petites croix qui sont autant de traces de destins anonymes, et dont notre Europe est maintenant recouverte d'une extrémité à l'autre.

LA CONTRAINTE

La femme était encore plongée dans un profond sommeil et sa respiration était pleine, puissante. Sa bouche, entrouverte, semblait vouloir ébaucher un sourire ou un mot, et l'apaisement soulevait mollement sous la couverture les rondeurs de sa jeune poitrine. La clarté naissante de l'aube pénétrait à travers les fenêtres. Mais ce matin d'hiver ne renvoyait qu'une bien pauvre lumière. Une lueur hybride, entre l'obscurité et le jour, flottait incertaine au-dessus des objets endormis, effaçant leurs contours.

Ferdinand s'était levé sans bruit, sans savoir lui-même pourquoi. Il lui arrivait souvent à présent, en plein travail, de saisir soudain son chapeau et de quitter à la hâte la maison pour s'enfoncer dans les champs, courant toujours plus vite, jusqu'à ce qu'il soit las et qu'il se trouve tout à coup dans un lieu inconnu, les genoux tremblants et le pouls battant à ses tempes. Ou bien brusquement, au milieu d'une conversation animée, son regard devenait fixe, il ne comprenait plus ce qui se disait, il n'entendait pas les questions, et il lui fallait se secouer avec force. D'autres fois il s'oubliait le soir en se déshabillant, et restait immobile sur le bord du lit, conservant dans les mains la chaussure qu'il venait d'enlever jusqu'à ce qu'un appel de sa femme le fasse sursauter ou que le soulier tombe par terre dans un grand fracas.

Au moment où il sortit de la chambre imprégnée d'une atmosphère légèrement étouffante pour aller sur le balcon, il frissonna. D'instinct, il serra les bras contre son corps afin de se réchauffer. Le paysage en contrebas était encore entièrement pris dans les brumes. Au-dessus du lac de Zurich qui, de sa maisonnette située sur les hauteurs, lui renvoyait d'ordinaire l'image d'un miroir poli dans lequel chaque nuage se réfléchissait dans sa course, entièrement blanc, flottait une épaisse écume laiteuse. Tout était mouillé, sombre, glissant et gris partout où ses regards, ses mains, se portaient à tâtons, l'eau gouttait des arbres, l'humidité suintait des poutres. Le monde naissant ressemblait à un homme qui vient de s'arracher aux flots et le long duquel l'eau ruisselle. Des voix humaines émergeaient des brumes de la nuit, mais gutturales et étouffées comme des râles d'ivrognes, et parfois aussi un coup de marteau ou l'appel lointain du clocher ; cependant le son d'habitude si clair paraissait rouillé. Une obscurité humide le séparait du reste de l'univers.

Il avait froid. Et pourtant il resta là, les mains enfoncées plus profondément dans les poches, attendant que la vue commence à se dégager. Pareilles à du papier gris, les brumes s'enroulèrent lentement et il fut envahi par la nostalgie infinie de ce paysage aimé qu'il savait en bas parfaitement ordonné, caché simplement par les vapeurs matinales, et dont les lignes si nettes apportaient d'ordinaire en lui ordre et lumière. Combien de fois, s'approchant de cette fenêtre, en pleine confusion, avait-il trouvé ici le calme face à ce panorama apaisé. Les maisons de l'autre côté, gracieusement alignées les unes à côté des autres, un bateau à vapeur fendant l'eau bleue avec une élégance pleine d'assurance, les mouettes volant gaiement au-dessus de la rive, la fumée qui s'élevait en volutes argentées des cheminées rouges tandis que midi sonnait, tout cela lui disait de façon si manifeste ce mot : paix ! que, malgré ce qu'il savait de la folie du monde, il croyait à ces signes heureux et que cette nouvelle patrie lui faisait oublier des heures durant la sienne propre. Quelques mois auparavant, fuyant le siècle et les hommes, il avait quitté un pays en guerre pour venir en Suisse et il sentait que son être froissé, raviné, labouré par l'horreur et l'épouvante s'aplanissait, se cicatrisait ici, que le paysage l'absorbait mollement et que la pureté des lignes et des couleurs appelait son art à s'exprimer. C'est pourquoi il avait toujours l'impression de devenir étranger et d'être rejeté à nouveau lorsque cette vision lui était assombrie, comme en cette heure matinale où le brouillard lui voilait tout. Une pitié infinie s'empara de lui, envers tous ceux qui étaient enfermés en bas dans les ténèbres, envers les hommes de sa terre natale qui s'étaient enfoncés eux aussi dans les lointains, une pitié infinie et un désir infini d'être solidaire avec eux et leur destin.

Quelque part, à travers la fumée, la cloche de l'église sonna quatre coups puis, sur un ton plus clair, pour davantage de précision, huit coups retentirent dans cette matinée de mars. Et comme s'il était lui-même au sommet d'une tour, il se sentit indiciblement seul entre le monde devant lui et, derrière lui, sa femme plongée dans l'obscurité du sommeil. Toutes ses forces se tendirent en direction de ce souhait : déchirer cette molle cloison de brume et percevoir n'importe où un signe de veille, une certitude de vie. Et alors qu'il fouillait du regard l'horizon, il lui sembla que, en bas dans la grisaille, là où le village se terminait et où le chemin montait jusqu'ici vers la colline en lacets poussifs, quelque chose se mouvait lentement, homme ou animal. Cela s'approchait, flou, minuscule, source d'abord de joie — il n'était pas le seul à être éveillé —, mais en même temps d'une curiosité brûlante, maladive. A l'endroit où la forme grise se hissait à présent il y avait un croisement qui menait soit au village voisin soit ici : la chose inconnue parut hésiter un instant en reprenant son souffle. Puis elle gravit sans hâte le sentier muletier.

L'inquiétude s'empara de Ferdinand. Qui est cet étranger, se demandait-il, quelle contrainte le pousse à quitter, comme moi, la chaleur et l'obscurité de sa chambre pour affronter le matin ? Vient-il me voir et que me veut-il ? Maintenant que l'homme était plus près, à travers la brume légère, il l'identifiait : c'était le facteur. Tous les matins, comme mû par les huit coups de cloche, il grimpait jusqu'ici et Ferdinand devinait, pour le connaître, le visage dur avec la barbe rousse de marin qui blanchissait aux extrémités, et les lunettes bleues. Il s'appelait Nussbaum et il le surnommait Nussknacker * à cause de la raideur de ses gestes et de la dignité avec laquelle il ne manquait pas de faire pivoter sur la droite son sac, son grand sac en cuir noir, avant de remettre gravement son courrier. Ferdinand ne put s'empêcher de sourire en le voyant avancer lourdement, un pas après l'autre, la sacoche sur son épaule gauche, soucieux de conserver une démarche fort digne en dépit de ses petites jambes courtes.

Mais soudain les genoux de Ferdinand se mirent à trembler. Sa main qui protégeait ses yeux retomba, comme paralysée. L'inquiétude d'aujourd'hui, d'hier, de toutes ces semaines, était revenue d'un seul coup. Il eut l'intuition que cet homme venait vers lui, que tous ses pas le portaient vers lui seul. Sans réfléchir il tourna la poignée de la porte, passa sur la pointe des pieds devant sa femme endormie et dévala l'escalier, puis l'allée du jardin, à sa rencontre. Arrivé au portail, il faillit le renverser : « Avez-vous... avez-vous... », il dut s'y reprendre à trois fois : « Avez-vous quelque chose pour moi ? »

Le facteur releva ses lunettes embuées pour le regarder : « Pour sûr, pour sûr. » Il ramena d'un seul

* *N. du T.* : jeu de mots intraduisible. (*Nussbaum* : noisetier, *Nussknacker* : casse-noisette.)

coup son sac noir sur la droite, et ses doigts — pareils à de gros vers de terre, humides et rougis par le brouillard givrant — fouillèrent dans les lettres. Ferdinand frémit. Il en retira enfin une. C'était une grande enveloppe brune, sur laquelle était imprimé en larges caractères « officiel », et en dessous il y avait son nom. « Signez », dit-il ; il humecta son crayon et lui tendit le registre. D'un seul trait, d'une écriture rendue illisible par l'excitation, Ferdinand inscrivit son nom.

Puis il saisit la lettre que la main rouge et épaisse lui présentait. Mais ses doigts étaient si gourds que le papier leur échappa et tomba à terre, sur le feuillage mouillé qui couvrait le sol. Et alors qu'il se penchait pour le ramasser, il respira une odeur amère de pourriture et de décomposition.

C'était cela, il le savait désormais avec certitude, qui depuis des semaines minait sournoisement sa tranquillité, cette lettre que malgré lui il avait attendue, qui lui parvenait d'un ailleurs dépourvu de sens et de forme, qui l'avait recherché à tâtons et voulait, avec ses mots rigides, écrits à la machine, s'emparer de la chaleur de sa vie, de sa liberté. Il l'avait senti venir, sans savoir d'où, de même qu'un cavalier en patrouille sent, à travers la verdure des fourrés, pointé sur lui, invisible, un froid canon d'acier et le petit morceau de plomb qu'il renferme, prêt à pénétrer dans l'obscurité sous sa peau. Sa résistance avait donc été vaine, de même que les petites ruses au moyen desquelles, des nuits durant, il avait rempli son esprit : à présent ils l'avaient trouvé. Huit mois à peine s'étaient écoulés depuis le jour où il s'était présenté de l'autre côté de la frontière, nu, tremblant de froid et de dégoût, devant un médecin militaire qui avait palpé les muscles de ses bras ainsi qu'un maquignon et où cette humiliation lui avait fait comprendre le mépris de l'époque pour la dignité humaine et l'esclavage dans lequel l'Europe était tombée. Il avait supporté encore deux mois de vivre dans l'atmosphère suffocante des propos patriotiques, mais peu à peu il s'était senti étouffer et lorsque les gens autour de lui ouvraient la bouche pour parler il croyait voir sur leur langue le fiel du mensonge. Ce qu'ils disaient l'écœurait. La vue des femmes transies, assises à l'aube avec leurs sacs de pommes de terre vides sur les gradins de la place du marché lui déchirait le cœur ; il rôdait, les poings serrés, il se sentait devenir méchant et haineux, et il se répugnait à lui-même dans sa fureur impuissante. Il avait enfin réussi, grâce à une intercession, à passer en Suisse avec sa femme : au moment où il traversa la frontière, le sang lui monta brusquement aux joues. Chancelant, il dut se retenir au poteau. Il venait de retrouver le sens des mots : homme, vie, acte, volonté, force. Et il aspira à pleins poumons l'air de la liberté. La patrie ne signifiait plus pour lui désormais que prison et contrainte. L'étranger, c'était là qu'il était chez lui, l'humanité c'était l'Europe.

Mais cette joie, cette légèreté furent de courte durée ; la peur revint. Il sentait que par son seul nom il restait retenu en arrière et d'une certaine manière ancré à cette jungle sanglante. Que quelque chose dont il ne savait rien, qu'il ne connaissait pas et qui pourtant le connaissait se refusait à le lâcher. Qu'un regard froid et insomniaque, aux aguets quelque part dans l'invisible, était dirigé sur lui. Il s'enfonça en lui-même, ne lut plus les journaux afin de ne pas trouver les ordres d'appel, changea de logement pour effacer sa trace, fit adresser son courrier uniquement à son épouse, poste restante, évita les gens pour ne pas être soumis à des questions. Il ne descendait jamais en ville, envoyait sa femme acheter toiles et couleurs. Il se terra dans l'anonymat le plus complet, dans ce petit village au bord du lac de Zurich où il avait loué une maisonnette à des paysans. Mais il n'avait pas oublié pour autant : dans un tiroir, quelque part, il y avait une feuille parmi des centaines de milliers d'autres. Et il le savait : un jour ou l'autre, ils ouvriraient ce tiroir — il les entendait qui le faisaient glisser, il entendait le martèlement d'une machine à écrire qui tapait son nom, et il savait que cette lettre cheminerait sans trêve, jusqu'à ce qu'enfin elle le trouve.

Et maintenant elle crissait, froide et bien matérielle, entre ses doigts. Ferdinand s'efforça de rester calme. Que m'importe cette feuille, se disait-il. Demain, après-demain, mille, dix mille, cent mille feuilles vont naître ici sur les arbustes et chacune d'entre elles m'est aussi étrangère que celle-ci. Que signifie cette mention : « officiel » ? Qu'il faut que je lise cela ? Je n'ai aucun office à remplir parmi les hommes et je ne dépends de personne. Que représente ce nom, mon nom, ici — s'agit-il vraiment de moi ? Qui peut me forcer à dire que c'est moi, me forcer à lire ce qui est écrit ? Si je la déchire sans l'avoir regardée, les morceaux voleront jusqu'au lac, et je ne serai au courant de rien, et le monde ne sera au courant de rien, pas une goutte d'eau ne tombera plus vite de l'arbre sur le sol, pas un souffle ne sortira différemment de mes lèvres ! Comment pouvais-je être inquiet par la faute d'un papier dont je n'aurai connaissance que si je le veux ? Et je ne le veux pas. Je ne veux rien d'autre que ma liberté.

Ses doigts se raidirent pour mettre en pièces l'épaisse enveloppe. Mais fait étrange : ses muscles ne lui obéirent pas. Il y avait dans ses mains quelque chose qui s'opposait à sa propre volonté, car elles n'obtempéraient pas. Et tandis que de toute son âme il voulait qu'elles déchiquettent cette enveloppe, elles l'ouvraient avec d'infinies précautions, dépliaient en tremblant la feuille blanche. Elle contenait ce qu'il savait déjà : « Référence 34 729 F. A l'instigation du commandement du district de M., vous êtes prié instamment de vous présenter au plus tard le vingt-deux mars à M., au commandement de district, bureau n° 8, en vue d'un nouvel examen de votre aptitude au service. Les papiers militaires vous seront remis par le consulat de Zurich auprès duquel vous devez vous rendre dans ce but. »

Lorsqu'il entra à nouveau dans la chambre, une heure plus tard, sa femme vint en souriant à sa rencontre, portant une gerbe de fleurs printanières. Son visage rayonnait d'insouciance. « Regarde, dit-elle, ce que j'ai trouvé ! Elles sont déjà écloses, là-bas dans la prairie, derrière la maison, et il y a encore de la neige à l'ombre entre les arbres. » Pour lui être agréable il prit les fleurs, il y plongea la tête afin d'éviter de voir les yeux dénués d'inquiétude de celle qu'il aimait, et il s'empressa de fuir dans la petite mansarde qu'il s'était aménagée en atelier.

Mais il lui fut impossible de travailler. Il avait à peine installé devant lui la toile vierge que soudain s'y inscrivirent, martelés à la machine, les mots de la lettre. Les couleurs sur la palette lui semblaient de la boue et du sang. Des images de pus et de blessures s'imposèrent à son esprit. Dans la pénombre, sur son autoportrait, il aperçut en dessous de son menton un col militaire. « Quelle folie ! », dit-il à voix haute, « quelle folie ! » et il se mit à trépigner pour chasser ces visions démentes. Mais ses mains tremblaient et le sol se dérobait sous lui. Il dut s'allonger. Puis il resta assis sur le petit tabouret, replié sur lui-même, jusqu'au moment où sa femme l'appela pour le déjeuner.

Chaque bouchée menaçait de l'étouffer. A l'entrée de sa gorge il y avait quelque chose d'amer qui devait d'abord descendre et qui toujours remontait. Ainsi recroquevillé, et muet, il remarqua que sa femme l'observait. Il sentit soudain sa main posée légèrement sur la sienne. « Que se passe-t-il, Ferdinand ? » Il ne répondit pas. « As-tu reçu de mauvaises nouvelles ? » Il se contenta de faire un signe de la tête et avala avec difficulté sa salive. « De l'armée ? » Il hocha à nouveau la tête. Elle se tut. Lui aussi resta silencieux. Cette pensée se dressait tout à coup dans la pièce parmi les objets, imposante, oppressante, et occupait tout l'espace. Elle trônait, poisseuse, au beau milieu des plats entamés. Telle une limace, elle rampait sur leur nuque et les faisait frissonner. Ils n'osaient pas se regarder et ils restaient simplement assis, sans un mot, voûtés sous l'insupportable fardeau de cette pensée.

D'une voix brisée elle demanda enfin : « As-tu été convoqué au consulat ? — Oui. — T'y rendras-tu ? » Il trembla. « Je ne sais pas, mais c'est obligatoire. — Pourquoi ? En Suisse ils ne peuvent pas te donner d'ordres. Ici, tu es libre. » Les dents serrées, il lança méchamment : « Libre ! Qui est encore libre aujourd'hui ? — Tous ceux qui veulent l'être. Et toi, plus que les autres. Qu'est-ce que c'est que cela ? » Elle repoussa avec mépris le papier qu'il avait posé devant lui. « Quel pouvoir a-t-il sur toi, ce torchon barbouillé par un obscur plumitif, sur toi qui es bien vivant et libre ? Quelle prise cela peut-il avoir sur toi ? — Pas la feuille, celui qui l'envoie. — Qui envoie cela ? Quel individu ? Une machine, la grande machine à tuer les hommes. Mais toi, elle ne pourra pas te prendre. — Elle en a pris des millions, pourquoi pas moi — Parce que tu ne veux pas. — Eux non plus ne voulaient pas. — Ils n'étaient pas libres. Ils se trouvaient au milieu des armes, et c'est pour cela qu'ils sont partis. Pas un seul n'est parti de son plein gré. Pas un seul n'aurait quitté la Suisse pour retourner dans cet enfer. »

Elle coupa court à son excitation, parce qu'elle vit qu'il se tourmentait. Une vague de pitié, comme envers un enfant, monta en elle. « Ferdinand, dit-elle tout en s'appuyant contre lui, essaie à présent de raisonner, tu es effrayé et je comprends qu'on soit bouleversé quand cette bête féroce et sournoise vous bondit soudain dessus. Rappelle-toi, cette lettre nous l'avons attendue. Cent fois nous nous sommes résolus à cette éventualité et j'étais fière de toi parce que je savais que tu la déchirerais en morceaux et que tu ne consentirais pas à tuer des hommes. L'as-tu oublié ? — Je sais, Paula, je sais, mais... — Ne parle pas maintenant, le pressa-t-elle. Tu es en quelque sorte déjà pris. Souviens-toi de nos conversations, du brouillon que tu as rédigé (il se trouve à gauche, dans le tiroir du bureau) où tu déclarais que jamais tu ne toucherais une arme. Tu étais très fermement résolu... » Il protesta. « Jamais je n'ai été ferme, jamais je n'ai été assuré. Je ne faisais que mentir, me cacher ma propre peur. Je me suis enivré avec ces paroles. Cependant tout cela n'était vrai que tant que j'étais libre et j'ai toujours su que, quand ils m'appelleraient, je redeviendrais faible. Crois-tu que j'aie tremblé devant eux ? Ils ne sont rien — tant qu'ils n'ont pas de réalité en moi, ils ne sont que du vent, des mots, du néant. C'est devant moi que j'ai tremblé, car je savais bien que j'irais dès qu'ils m'appelleraient. — Tu veux partir, Ferdinand ? — Non, non, non, dit-il en frappant du pied, je ne veux pas, je ne veux pas, il n'y a rien en moi qui le veuille. Mais j'irai, contre ma propre volonté. C'est bien là ce qu'il y a d'horrible dans leur pouvoir : on les sert contre sa volonté, contre ses convictions. De la volonté, si on en avait encore... mais à peine a-t-on une feuille comme celle-là entre les mains que la volonté vous a quitté. On obéit. On est un écolier : le maître appelle, on se lève en tremblant. — Mais Ferdinand, qui donc appelle ? La patrie ? Un employé aux écritures ! Un rond-de-cuir qui s'ennuie ! Et puis, même l'Etat n'a aucun droit de contraindre quelqu'un au meurtre, aucun droit... — Je sais, je sais. Tu n'as plus qu'à citer Tolstoï ! Tous ces arguments, je les connais. Tu ne le comprends donc pas ! Bien sûr que je ne crois pas qu'ils aient le droit de m'appeler, et pas davantage que j'aie le devoir de les suivre. Il n'existe pour moi qu'un devoir : être un homme et travailler. Je n'ai qu'une patrie : l'humanité, je n'ai aucun désir de tuer des hommes, je sais tout cela, Paula, je le vois aussi clairement que toi — seulement voilà, ils me possèdent déjà, ils m'appellent et je sais que, envers et contre tout, je viendrai. — Pourquoi, mais pourquoi ? Je te demande pourquoi. » Il gémit. « Je l'ignore. Peut-être parce que la folie dans le monde est à l'heure actuelle plus forte que la raison. Peut-être parce que je ne suis pas un héros, et c'est pour cela que je n'ose pas fuir... Cela ne peut pas s'expliquer. C'est une forme de contrainte : je suis incapable de briser la chaîne qui étrangle vingt millions d'hommes. J'en suis incapable. »

Il se cacha le visage dans les mains. Le balancier de l'horloge poursuivait son mouvement de va-et-vient au-dessus d'eux, sentinelle postée devant la guérite du temps. Elle frissonna. « On t'appelle. Je le comprends sans le comprendre. Mais n'entends-tu pas aussi un appel qui vient d'ici ? N'y a-t-il rien ici qui te retienne ? » Il sursauta. « Mes tableaux ? Mon travail ? Non ! Je ne peux plus peindre. Je m'en suis aperçu aujourd'hui. Je ne vis plus ici, je suis déjà là-bas. C'est un crime de travailler pour soi tandis qu'un monde s'effondre. On n'a plus le droit en ce moment d'éprouver des sentiments personnels, de vivre pour soi seul ! »

Elle se leva et se détourna. « Je ne croyais pas que tu vivais pour toi seul. Je croyais... je croyais que je faisais aussi partie de ton univers. » Elle ne put pas poursuivre, ses paroles étaient entrecoupées de larmes. Mais il y avait derrière ses pleurs une colère qui le fit reculer. « Pars, dit-elle, pars donc ! Quelle importance ai-je à tes yeux ? Pas même celle d'un bout de papier. Pars donc si tu le veux.

— Mais je ne veux pas », et il frappa du poing sous l'effet d'une rage impuissante, « ce n'est pas moi qui veux. Ce sont eux. Et ils sont forts, tandis que moi je suis faible. Ils ont trempé leur volonté depuis des milliers d'années, ils sont organisés et retors ; ils se sont préparés et cela s'abat sur nous comme un coup de tonnerre. Ils ont de la volonté et moi j'ai seulement des nerfs. C'est un combat inégal. On ne peut rien contre une machine. Si c'étaient des hommes, il serait possible de se défendre. Mais c'est une machine, un instrument de boucherie, un outil dépourvu d'âme, de cœur et de raison. On ne peut pas s'opposer à elle.

— Si, on peut, quand il le faut. » Elle hurlait maintenant comme une démente : « Je le peux, si toi tu en es incapable ! Si tu es faible, je ne le suis pas, je ne plierai pas devant un tel torchon, je n'échangerai pas la vie contre des mots. Tu n'iras pas tant que j'aurai quelque pouvoir sur toi. Tu es malade, je peux le jurer. Tu es hypersensible. Quand une assiette tinte, tu sursautes. Cela n'échapperait à aucun médecin. Fais-toi examiner ici, je viendrai avec toi, je dirai tout, on te déliera de tes obligations, c'est sûr. Il s'agit simplement de se défendre, de prendre le mors aux dents. Souviens-toi de Jeannot, ton ami parisien : pendant trois mois il est resté en observation dans un asile, ils l'ont torturé avec leurs examens, mais il a tenu bon, jusqu'à ce qu'ils le lâchent. Il faut simplement montrer qu'on ne veut pas. On n'a pas le droit de se soumettre. Il y va de l'essentiel : n'oublie pas, on en veut à ta vie, à ta liberté, à tout. Il faut se défendre.

— Se défendre ! Comment peut-on se défendre ? Ils sont plus forts que tous, ils sont les plus forts au monde.

— Ce n'est pas vrai ! Ils ne le sont que tant que le monde le veut bien. L'individu est toujours plus fort que l'idée, mais il faut seulement qu'il reste lui-même, qu'il n'abdique pas sa propre volonté. Il faut seulement qu'il sache qu'il est un homme et qu'il veut le rester, et alors ces mots avec lesquels on chloroforme maintenant les gens autour de lui, alors : patrie, devoir, héroïsme, ne seront plus que de la rhétorique qui pue le sang, un sang humain chaud, vivant. Sois sincère, ta patrie t'importe-t-elle autant que ta vie ? Une province qui change de souverain t'est-elle aussi chère que ta main droite avec laquelle tu peins ? Crois-tu à une autre justice que celle, invisible, que nous construisons en nous avec nos pensées et notre sang ? Non, je le sais, non ! Tu te mens donc à toi-même quand tu veux partir...

— Mais je ne le veux pas...

— Tu ne veux pas suffisamment ! Tu ne veux même plus. Tu les laisses vouloir pour toi, et c'est là ton crime. Tu vas céder à quelque chose que tu exècres et pour cela tu vas risquer ta vie. Pourquoi ne pas le faire plutôt pour quelque chose que tu reconnais ? Verser son sang pour ses propres idées — d'accord ! Mais pour des idées étrangères, à quoi bon ? Ferdinand, n'oublie pas, si ta volonté de rester libre est assez forte, que sont-ils là-bas : de méchants fous ! Si ta volonté n'est pas assez forte et qu'ils t'attrapent, ce sera toi le fou. Tu m'as toujours dit...

— Oui, j'ai dit, j'ai tout dit, j'ai beaucoup bavardé pour me donner du courage. J'ai fanfaronné, de même que les enfants chantent dans l'obscurité de la forêt par peur de leur peur. Tout cela n'était que mensonge, je le ressens à présent avec une atroce clarté. Car j'ai toujours su que je partirais quand ils m'appelleraient...

— Tu vas partir ? Ferdinand ! Ferdinand !

— Ce n'est pas moi, non, pas moi, mais une partie de moi qui va partir — qui est déjà partie. Il y a quelque chose d'indéfinissable en moi qui se lève comme l'écolier devant le maître, je te l'ai dit, et obéit en tremblant ! Et dans le même temps j'entends tout ce que tu dis et je sais que c'est juste, que c'est vrai, humain et que c'est essentiel — c'est cela que je dois faire, rien d'autre — je le sais parfaitement, et c'est bien la raison pour laquelle le fait que je pars est une telle infamie. Pourtant je vais partir, je suis possédé ! Tu peux me mépriser ! Je me méprise bien moi-même. Mais il m'est impossible d'agir autrement, cela m'est impossible ! »

De ses deux poings il martela la table. Il y avait quelque chose de morne, d'animal, de captif dans ses yeux. Paula ne pouvait plus le regarder. Son amour pour lui redoutait de le mépriser. Sur la table pas encore desservie la viande était là, froide, pareille à une charogne, et le pain, noir et racorni, évoquait du mâchefer. Une odeur étouffante de nourriture remplissait la pièce. Le dégoût lui monta à la gorge, un dégoût total. Elle ouvrit brusquement la fenêtre. L'air s'engouffra ; au-dessus de ses épaules prises d'un léger tressaillement s'élevait le ciel bleu de mars et des nuages blancs erraient autour de sa chevelure.

« Regarde, dit-elle plus bas, regarde dehors ! Rien qu'une fois, je t'en prie. Tout ce que je dis n'est peut-être pas entièrement vrai. Les mots ne sont jamais tout à fait exacts. Mais ce que je vois existe pourtant. Cela ne ment pas. Là, en bas, un paysan marche derrière sa charrue, il est jeune et fort. Pourquoi ne se laisse-t-il pas tuer ? Parce que son pays n'est pas en guerre, parce que son champ se trouve à quelques pas plus loin, de l'autre côté, la loi ne s'applique pas à lui. Et toi, tu es maintenant dans ce pays, donc cela ne s'applique pas à toi non plus. Une loi, invisible, peut-elle être juste si elle n'a de valeur que jusqu'à un certain nombre de bornes et n'en a plus aucune au-delà ? N'as-tu pas conscience de l'absurdité de la situation lorsque tes yeux plongent dans cette paix ? Ferdinand, regarde comme le ciel est limpide au-dessus du lac, regarde ces couleurs, comme elles attendent qu'on se réjouisse à leur spectacle, viens à la fenêtre et dis-moi une fois de plus que tu veux partir...

— Mais je ne veux pas ! Je ne veux pas ! Je ne te l'apprends pas ! Pourquoi me montrer encore cela ? Je sais parfaitement tout ce que tu me dis, tout ! Tu ne fais que me torturer ! Chacune de tes paroles me blesse. Et il n'y a rien qui puisse m'aider, rien, rien ! »

Elle se sentit devenir faible face à sa douleur. La pitié brisait ses forces. Elle se retourna légèrement.

« Et quand... Ferdinand... quand... dois-tu te rendre au consulat ?

— Demain ! Hier déjà, en réalité. Mais la lettre ne m'a pas trouvé, c'est aujourd'hui seulement qu'ils m'ont découvert. Je dois y aller demain.

— Et si tu n'y vas pas demain ? Laisse-les donc attendre. Ici, ils ne peuvent rien contre toi. Pour nous, rien ne presse. Laisse-les attendre huit jours. Je leur écrirai que tu es malade, que tu es au lit. Mon frère a procédé de la même façon et il a gagné ainsi quinze jours. Dans le pire des cas ils ne te croiront pas et ils nous enverront le médecin du consulat. Il y aura peut-être moyen de lui parler. Les hommes qui ne portent pas d'uniforme sont toujours plus humains. Peut-être verra-t-il tes tableaux et il comprendra que quelqu'un comme toi n'a pas sa place au front. Et si cela ne sert à rien, on aura au moins gagné huit jours. »

Il se taisait et elle avait conscience de l'hostilité de ce silence.

« Ferdinand, promets-moi de ne pas y aller dès demain. Qu'ils attendent ! Il faut être prêt intérieurement. Actuellement tu es bouleversé, et ils feront de toi ce qu'ils voudront. Demain ils seraient les plus forts. Dans une semaine ce sera toi. Pense aux belles journées qui seront nôtres alors. Ferdinand, Ferdinand, entends-tu ? »

Elle le secoua. Il posa sur elle un regard vide. Il n'y avait aucune trace de ses paroles dans ce regard morne et perdu. Seulement une angoisse et une peur issues de profondeurs qu'elle ne connaissait pas. Il se ressaisit peu à peu.

« Tu as raison, dit-il enfin. Tu as raison. Rien ne presse. Que peuvent-ils contre moi ? Tu as raison. Je n'irai pas demain, c'est certain. Ni après-demain. Tu as raison. Et si la lettre ne m'était pas parvenue ? Pourquoi n'aurais-je pas fait une excursion ? Ne puis-je pas être malade ? Non — j'ai donné une signature au facteur. Mais cela n'a pas d'importance.

Tu as raison. Il faut réfléchir ! Tu as raison. Tu as raison ! »

Il s'était levé et il s'était mis à marcher de long en large dans la pièce. « Tu as raison, tu as raison », répétait-il de façon machinale, mais sans conviction. « Tu as raison, tu as raison » — il redisait sans cesse ces mots, perdu dans les nuages, hébété. Elle sentait que ses pensées étaient ailleurs, bien loin d'ici, qu'elles étaient dorénavant auprès des autres, là-bas, dans la tourmente. Ce sempiternel « tu as raison, tu as raison », qui ne venait que des lèvres, lui fut insupportable. Elle sortit sans bruit. Et elle l'entendit faire encore les cent pas des heures durant dans la pièce, tel un prisonnier dans sa cellule.

Le soir il ne toucha pas non plus au repas. Il y avait en lui quelque chose de rigide, d'entièrement absent. Et c'est seulement pendant la nuit, quand il fut à ses côtés, qu'elle éprouva combien sa peur était vivante ; il se cramponnait à la douce chaleur de son corps, comme s'il voulait s'y réfugier, il la serrait avec ardeur, convulsivement. Toutefois elle n'ignorait pas qu'il ne s'agissait pas d'amour, mais d'un désir de fuite. Il était agité de spasmes et sous ses baisers elle sentit une larme, amère et salée. Puis il resta à nouveau allongé, sans un mot. Elle l'entendait geindre de temps en temps. Elle lui tendait alors la main et il la saisissait, comme pour s'y retenir. Ils ne parlaient pas ; une seule fois, en l'entendant sangloter, elle essaya de le consoler. « Tu as encore huit jours. N'y pense pas. » Mais elle fut remplie de honte à l'idée qu'elle lui conseillait de songer à autre chose, car elle sentait à la froideur de sa main, aux bonds de son cœur, que cette unique pensée le possédait et le commandait. Et qu'aucun miracle ne l'en délivrerait.

Jamais le silence, jamais l'obscurité n'avaient pesé aussi lourdement sur cette maison. Tout l'effroi du monde était là, glacial, entre ces murs. Seule l'horloge, imperturbable sentinelle d'airain, poursuivait sa course et Paula savait qu'à chacun de ses mouvements cet homme, cet homme en chair et en os près d'elle, et qu'elle aimait, lui devenait plus étranger. Incapable de supporter cela plus longtemps, elle se leva d'un bond et arrêta le balancier. Maintenant le temps n'existait plus, l'horreur et le silence régnaient. Ils restèrent tous deux allongés, muets, éveillés, l'un à côté de l'autre, jusqu'au lendemain et cette pensée allait et venait dans leurs cœurs.

La chambre baignait encore dans une pénombre hivernale. De lourdes traînées de givre flottaient au-dessus du lac lorsqu'il se leva. Il passa à la hâte ses vêtements ; hésitant, incertain, il marcha à grands pas d'une pièce à l'autre jusqu'au moment où tout à coup il saisit son chapeau et son manteau et sans bruit ouvrit la porte de la maison. Plus tard il se rappela à maintes reprises le tremblement de sa main quand elle toucha la targette glacée tandis qu'il se retournait craintivement pour voir si personne ne l'épiait. Et en effet, le chien bondit sur lui comme sur un voleur cherchant à se dissimuler, mais dès qu'il reconnut celui qui le caressait, il se coucha, affectueux, et frétilla furieusement de la queue, tout à son désir de l'accompagner. Il chassa l'animal de la main — il n'osait pas parler. Puis, sans avoir lui-même conscience de sa précipitation, il dévala le petit chemin. Il fit encore quelques haltes, jetant un regard en arrière sur la maison qui se perdait peu à peu dans les brumes. Il fut pourtant à nouveau entraîné en avant, il courut, en trébuchant sur des pierres, comme s'il était poursuivi, vers la gare où il s'arrêta enfin ; la sueur lui perlait au front et collait ses vêtements à sa peau.

Il y avait là quelques paysans et des gens simples qui le connaissaient. Ils le saluèrent, l'un ou l'autre paraissait tout disposé à engager une conversation avec lui, mais il les évita. Il redoutait, par honte, de devoir parler maintenant à quelqu'un et pourtant cette attente morne devant les rails mouillés lui était une souffrance. Sans se rendre compte de ce qu'il faisait il monta sur la balance, mit une pièce de monnaie et contempla fixement dans le miroir au-dessus des aiguilles son visage blême, ruisselant ; il en descendit, la pièce cliqueta en tombant dans l'appareil et alors seulement il remarqua qu'il avait oublié de regarder le chiffre. « Je suis fou, complètement fou », murmura-t-il. Il eut soudain peur de lui-même. Il s'assit sur un banc et voulut se contraindre à examiner clairement la situation. Mais à ce moment la cloche retentit, tout près de lui, il sursauta. La locomotive lançait son cri au loin, le train arrivait dans un grondement. Il se jeta dans un compartiment. Par terre traînait un journal sale. Il le ramassa et s'y plongea ; il ignorait ce qu'il lisait, il ne voyait que ses mains qui le tenaient en tremblant toujours davantage.

Le train s'arrêta. Zurich. Il le quitta en chancelant. Il savait où ses pas l'emportaient et il sentait que sa propre volonté s'y opposait, mais de plus en plus faiblement. Ici et là il se livra encore à de petites épreuves de force. Il se planta devant une affiche et se força à la lire de haut en bas pour se prouver qu'il était maître de lui-même. « Je ne suis pas pressé », se dit-il à mi-voix, mais tandis que ces mots s'échappaient en un murmure de ses lèvres, quelque chose l'arrachait de cet endroit. Il y avait en lui cette nervosité qui le consumait, cette impatience qui, tel un moteur, le poussait en avant. Désemparé, il chercha une voiture. Ses jambes flageolaient. Il en passa une, cahotante. Il l'appela. Il s'y précipita, comme on se jette dans un fleuve pour se noyer. Et il indiqua sa destination : la rue du consulat.

L'automobile ronflait. Il s'enfonça dans son siège, les yeux fermés. Il avait l'impression de foncer vers un abîme tout en éprouvant une légère ivresse due à la vitesse à laquelle le véhicule l'entraînait vers son destin. La passivité le soulageait. Et déjà la voiture s'arrêtait. Il descendit, paya, et peu après il montait dans l'ascenseur ; d'une certaine façon il retrouva la même sensation de plaisir à être ainsi transporté et soulevé par une machine. Comme si ce n'était pas lui qui faisait tout cela, mais elle, la puissance inconnue, insaisissable, qui le contraignait. La porte du consulat était close. Il sonna. Pas de réponse. Une idée jaillit en lui, brûlante : repartir, dévaler les escaliers ! Mais il sonna à nouveau. A l'intérieur un pas se fit entendre, lent, traînant. Un domestique ouvrit sans se presser, en manches de chemise, un chiffon à poussières à la main. Il était manifestement en train de ranger les bureaux. « Que voulez-vous donc... », l'apostropha-t-il avec humeur. « Le consulat... je... j'ai été convoqué », bredouilla Ferdinand, tout en reculant, honteux de bégayer face à ce domestique.

Ce dernier se retourna d'un air offusqué et plein de morgue. « Vous ne savez pas lire ? Heures de service : de 10 à 12, c'est écrit en bas sur le tableau. Il n'y a personne maintenant. » Et sans attendre de réponse il claqua la porte.

Ferdinand ne bougeait pas et tressaillait intérieurement. Une immense honte inondait son cœur. Il regarda sa montre. Il était sept heures dix. « Je suis fou ! fou ! », balbutia-t-il. Et il descendit les marches en tremblant, comme un vieillard.

Deux heures et demie — la perspective de ce temps mort l'épouvantait, car il était conscient qu'à chaque minute d'attente une partie de sa force lui échappait. En ce moment ses facultés étaient tendues, il était prêt, il avait tout calculé à l'avance, mis chaque mot à sa place, il avait élaboré en lui-même la scène dans son intégralité, et à présent ce rideau de fer de deux heures venait s'abattre entre lui et son énergie. Il sentait avec angoisse que toute sa propre chaleur partait en fumée, que les mots s'effaçaient l'un après l'autre de sa mémoire, qu'ils se bousculaient, précipités dans la fièvre de leur fuite.

Il avait imaginé le déroulement suivant : arrivé au consulat, il se ferait introduire aussitôt auprès du conseiller aux Affaires militaires qu'il connaissait un peu. Il l'avait rencontré un jour chez des amis et ils avaient échangé des banalités. Du moins savait-il qui il allait affronter, un aristocrate élégant, mondain, très soucieux de jouer la carte de la bonhomie, qui aimait à se donner des airs magnanimes et qui tenait particulièrement à ne pas ressembler à un fonctionnaire. Cette prétention, ils l'avaient d'ailleurs tous, ils voulaient être considérés en quelque sorte comme des personnages supérieurs, des diplomates, et c'était là-dessus qu'il avait l'intention de tabler : se faire annoncer, en homme du monde, parler d'abord de choses et d'autres et s'enquérir de la santé de Madame son épouse. Le conseiller lui dirait sûrement de prendre place, lui offrirait une cigarette et finirait par briser son silence en demandant poliment : « En quoi puis-je vous être utile ? » Il fallait que l'autre l'interroge, c'était important, il convenait de ne pas l'oublier. Il répondrait alors, avec une froideur et une indifférence parfaites : « J'ai reçu un courrier selon lequel je dois me rendre à M. pour m'y faire examiner. C'est certainement une erreur, j'ai été en son temps déclaré expressément inapte au service. » Il devrait dire cela sur un ton absolument froid, il fallait qu'on voie immédiatement qu'il considérait toute cette affaire comme une bagatelle. Le conseiller — il connaissait déjà la nonchalance de ses manières — prendrait à ce moment le papier et lui exposerait qu'il s'agissait là d'un contrôle — il aurait pourtant dû lire depuis longtemps dans les journaux que même ceux qui, à l'époque, avaient été ajournés, étaient appelés à se présenter à nouveau. Il répliquerait, une fois encore avec la plus parfaite froideur, comme s'il haussait les épaules : « Ah bon ! Je ne lis pas les journaux, je n'ai pas le temps. Je dois travailler. » Il fallait que l'autre voie tout de suite combien cette guerre lui était indifférente, à quel point il se sentait souverain et libre. Le conseiller lui expliquerait bien sûr ensuite qu'il devait obtempérer, il en était, en ce qui le concernait, navré, mais les autorités militaires, etc. Le temps serait venu alors de se montrer énergique. « Je comprends, devrait-il dire, mais il m'est actuellement tout à fait impossible d'interrompre mon travail. J'ai convenu avec quelqu'un d'une exposition de mes œuvres complètes et je ne peux pas lui faire faux bond. J'ai engagé ma parole. » Et il suggérerait au conseiller ceci : ou bien il repoussait l'échéance ou bien le médecin du consulat l'examinait ici une nouvelle fois.

Jusque-là il n'y avait aucun problème. C'était seulement à partir de ce moment que s'ouvraient plusieurs possibilités. Si le conseiller acceptait sans aucune difficulté, on aurait au moins gagné du temps. Mais s'il lui expliquait poliment — avec cet accent de politesse neutre, évasif, brusquement officiel — que c'était impossible, que cela dépassait ses compétences, il s'agirait d'être résolu. Il devrait tout d'abord se lever, s'approcher de la table et dire d'une voix assurée, réellement assurée, avec une détermination inflexible, venue du plus profond de lui-même : « J'en prends acte, mais vous prie de noter par procès-verbal que les engagements financiers que j'ai souscrits m'empêchent de donner une suite immédiate à cette convocation et que je la repousse de trois semaines, à mes risques et périls, jusqu'à ce que j'aie satisfait à cette contrainte morale. Il n'est évidemment pas dans mes intentions de me soustraire à mon devoir envers ma patrie. » Ces phrases, fruit d'une laborieuse réflexion, le remplissaient d'une fierté toute particulière. « Noter par procès-verbal », « engagements financiers », cela rendait un son tellement neutre, tellement administratif. Si le conseiller attirait alors son attention sur les conséquences juridiques, il serait temps de se montrer encore un peu plus ferme et de régler l'affaire froidement : « Je connais la loi et je suis conscient des conséquences juridiques. Mais la parole donnée est pour moi la loi suprême et pour la tenir je suis prêt à assumer toutes les difficultés. » Puis il s'inclinerait rapidement, coupant ainsi court à l'entretien, et il se dirigerait vers la porte ! Il fallait qu'ils voient qu'il n'était pas un simple ouvrier ou un apprenti qui attend qu'on lui donne congé, mais quelqu'un qui décide lui-même quand une conversation est terminée.

Il se récita cette scène trois fois tout en déambulant. Le ton, la construction lui plaisaient à merveille, il attendait déjà l'heure avec l'impatience de l'acteur qui doit donner sa réplique. Un seul passage n'était pas tout à fait à son goût : « Il n'est pas dans mes intentions de me soustraire à mon devoir envers ma patrie. » Il fallait absolument qu'il y ait une quelconque formule patriotique de politesse au cours de la conversation, c'était indispensable afin que l'on voie qu'il n'était pas réfractaire, sans pour autant être prêt, que de tout cela il reconnaissait certes — bien sûr uniquement devant eux — la nécessité, mais pas pour lui. « Devoir envers la patrie », ces mots étaient tellement plats, rebattus. Il réfléchit. « Je sais que la patrie a besoin de moi » ? Non, c'était encore plus ridicule. Ou plutôt : « Je n'ai pas l'intention de me soustraire à l'appel de ma patrie. » C'était mieux. Malgré tout, ce passage ne lui plaisait pas. C'était trop servile, il s'inclinait quelques centimètres de trop. Il poursuivit ses réflexions. Le mieux était de déclarer simplement : « Je sais où est mon devoir » — oui, c'était la formule qui convenait, on pouvait la prendre comme on voulait, l'interpréter comme bon il semblait. C'était clair, et concis. On pouvait la proférer sur un ton dictatorial : « Je sais où est mon devoir » — presque comme une menace. Tout était réglé à présent. Et pourtant : il jeta à nouveau un regard nerveux sur sa montre. Le temps s'était figé. Il n'était que huit heures.

Il se laissait ballotter par la rue, il ne savait où aller. Il entra dans un café, essaya de lire les journaux. Mais il sentit à quel point les mots le troublaient, là aussi il était partout question de patrie et de devoir et cette emphase lui embrouillait les idées. Il but un cognac, puis un second, pour se débarrasser du goût amer qu'il avait dans la gorge. Cherchant désespérément comment il pourrait bousculer la marche du temps, il ne cessait d'assembler les bribes de sa conversation imaginaire. Soudain il se caressa la joue : « Mais je ne suis pas rasé ! » Il se précipita chez le coiffeur, se fit laver et couper les cheveux, cela réduisit l'attente d'une demi-heure. Et puis il lui vint à l'esprit qu'il devait être élégant. C'était important là-bas. Ils ne se montraient arrogants qu'envers les pauvres diables, ils les rudoyaient, mais lorsqu'on se présentait en homme du monde, insouciant, bien mis, ils chantaient aussitôt une autre chanson. Cette pensée l'enivra. Il fit brosser son habit, alla s'acheter des gants. Il fut long à se décider. Paille, c'était d'une certaine façon trop provocant, cela faisait trop dandy. Un gris perle discret produirait une meilleure impression. Puis il erra de nouveau dans la rue. Il se regarda devant la glace d'un tailleur, arrangea sa cravate. Il fallait qu'il tienne quelque chose à la main ; une canne, se dit-il, voilà ce qui donne à une visite un caractère fortuit, désintéressé. Il courut au magasin et en choisit une. Lorsqu'il ressortit, dix heures moins le quart sonnaient au clocher. Il se récita encore une fois sa leçon. Excellent. La nouvelle version : « Je sais où est mon devoir » constituait à présent le passage le plus fort. Il marcha d'un pas tout à fait assuré, tout à fait résolu, et il monta l'escalier en courant, léger comme un enfant.

Une minute plus tard, à peine l'huissier eut-il ouvert la porte qu'il se sentit subitement oppressé à l'idée de s'être trompé peut-être dans ses calculs. Rien ne se passa selon ses prévisions. Lorsqu'il demanda à parler au conseiller on lui signifia que monsieur le Secrétaire recevait. Il fallait qu'il attende. Et d'un geste peu poli on lui indiqua un siège au milieu d'une rangée où étaient déjà assises trois autres personnes au visage accablé. Il prit place, de mauvaise grâce, il se rendait compte avec une certaine haine qu'il représentait ici un cas, une affaire à régler. Ses voisins se racontaient leurs pauvres destinées. L'un, d'une voix nouée par l'émotion et pleurnicharde, disait qu'il avait été interné deux ans en France et qu'on ne voulait pas lui avancer ici d'argent pour le retour ; l'autre se plaignait qu'on ne l'aidait nulle part à trouver un emploi alors qu'il avait trois enfants. Ferdinand frémit intérieurement de colère : on l'avait placé sur le banc des solliciteurs et il remarqua que d'une certaine façon les manières abattues et pourtant rebelles de ces petites gens l'irritaient. Il voulut passer une nouvelle fois en revue son entretien mais ces bavardages stupides venaient se mettre en travers de ses réflexions. Il aurait aimé leur crier : « Taisez-vous, racaille ! » ou prendre de l'argent dans sa poche pour les renvoyer chez eux, mais sa volonté était entièrement paralysée et il restait assis avec eux, le chapeau à la main, pareil à eux. Il était en outre troublé par le perpétuel va-et-vient de gens qui entraient et sortaient, il redoutait à chaque passage qu'une personne de sa connaissance ne le voie ici, sur le banc des solliciteurs ; et cependant il était prêt, au fond de lui-même, à bondir chaque fois qu'une porte s'ouvrait, pour se recroqueviller à nouveau, déçu. Il lui apparaissait de plus en plus clairement qu'il devait partir maintenant, s'enfuir vite, avant que son énergie ne lui échappe tout à fait. Il tenta bien une fois de se ressaisir ; il se leva et dit à l'huissier qui se tenait à côté d'eux comme une sentinelle : « Je peux revenir demain. » Mais ce dernier le tranquillisa : « Monsieur le Secrétaire sera libre dans un instant. » Ses genoux fléchirent sous lui. Il était prisonnier ici, toute résistance était vaine.

Enfin une dame sortit en froufroutant, souriante, coquette, considérant d'un air supérieur ceux qui attendaient et l'huissier cria : « Monsieur le Secrétaire est libre. » Ferdinand se mit debout ; il remarqua trop tard qu'il avait posé sa canne et ses gants sur l'appui de fenêtre, mais il ne pouvait plus rebrousser chemin, la porte était déjà ouverte et il entra, laissant traîner encore son regard en arrière, troublé par cette pensée très secondaire. Le conseiller était assis à son bureau ; il quitta un instant sa lecture des yeux, lui fit un signe et, sans l'inviter à prendre place, il lui adressa un sourire froid et courtois : « Ah, notre maître ès arts. Tout de suite, tout de suite. » Il se leva, cria en direction de la pièce voisine : « Le dossier Ferdinand R..., s'il vous plaît, celui qui a été réglé avant-hier, vous savez, on a fait suivre l'ordre de convocation », et dit en se rasseyant : « Vous aussi, vous nous quittez déjà ! J'espère que vous avez été content de votre séjour en Suisse. Vous avez d'ailleurs une mine superbe. » Et il se mit à feuilleter à la hâte le dossier apporté par son secrétaire. « Affectation M... oui... oui... exact... tout est en ordre. J'ai déjà fait établir les papiers... Vous ne demandez sans doute pas le remboursement des frais de voyage ? » Ferdinand se tenait là, mal assuré, et il s'entendit balbutier : « Non... non. » Le conseiller signa la feuille, la lui remit. « Vous devriez en réalité partir dès demain, mais il n'y a pas une telle urgence. Laissez aux couleurs le temps de sécher sur votre dernier chef-d'œuvre. Si vous avez besoin encore d'un jour ou deux pour régler vos affaires, je prends cela sur moi. La patrie n'y regardera pas de si près. » Ferdinand eut conscience que c'était une plaisanterie et qu'il fallait sourire ; et de fait il sentit avec un effroi profond que ses lèvres esquissaient un mouvement poli. Une force travaillait en lui : dire quelque chose, il faut que je dise quelque chose maintenant, ne pas rester là comme une souche, et enfin quelques mots s'arrachèrent de sa gorge : « L'ordre d'appel suffit-il... sinon, ai-je besoin... d'un passeport ? » Le conseiller prit un air amusé. « Non, non, on ne vous fera aucune difficulté à la frontière. Vous êtes d'ailleurs déjà annoncé. Eh bien, bon voyage ! » Il lui tendit la main. Ferdinand comprit qu'il était congédié. Sa vue se troubla, aussitôt il se dirigea à l'aveuglette vers la sortie, suffoqué par le dégoût. « A droite, à droite, je vous prie » dit la voix derrière lui. Il était allé dans la mauvaise direction et déjà — avec un léger sourire, ainsi qu'il crut le discerner du fond des ténèbres où étaient plongés ses sens — le conseiller lui tenait la bonne porte. « Merci, merci... ne vous donnez pas cette peine », balbutia-t-il encore, furieux envers lui-même de cette politesse superflue. Et à peine dehors, lorsque l'huissier lui donna sa canne et ses gants, il se rappela : engagements financiers... noter par procès-verbal. Il éprouva une honte qu'il n'avait jamais connue de sa vie : il l'avait remercié par-dessus le marché, remercié courtoisement ! Mais il n'était même plus capable de colère. Pâle, il descendit l'escalier, conscient seulement que ce n'était pas lui qui se déplaçait. Que l'impitoyable puissance étrangère avait déjà pris possession de lui, cette puissance qui avait écrasé un monde entier.

Il ne rentra chez lui que tard dans l'après-midi. La plante des pieds le brûlait, il avait erré des heures et avait battu en retraite à trois reprises devant sa propre porte. Il tenta finalement de se faufiler par-derrière à travers les vignes, en cachette. Mais le chien, le compagnon fidèle, l'avait repéré ; il sauta sur lui en aboyant furieusement et se mit à courir autour de lui, frétillant de la queue avec fougue. Sa femme se tenait sur le seuil et du premier coup d'œil il vit qu'elle savait tout. Il la suivit sans un mot, l'humiliation lui faisait ployer la nuque.

Pourtant il n'y avait en elle nulle dureté. Elle ne le regardait pas, elle évitait à l'évidence de le torturer. Elle posa un peu de viande froide sur la table et lorsqu'il s'assit docilement elle vint se poster à côté de lui. « Ferdinand, dit-elle d'une voix qui tremblait beaucoup, tu es malade. Il est impossible de te parler actuellement. Je ne veux te faire aucun reproche, car en ce moment tu n'agis pas de ton propre chef et je sens combien tu souffres. Mais promets-moi une chose : tu n'entreprendras plus rien dans cette affaire sans en discuter au préalable avec moi. »

Il resta coi. La voix de Paula s'anima davantage.

« Je ne me suis jamais mêlée de tes problèmes personnels, j'avais mis mon amour-propre à te laisser toujours la pleine liberté de tes décisions. Néanmoins tu joues maintenant non seulement avec ta vie, mais aussi avec la mienne. Il nous a fallu des années pour parvenir au bonheur et je ne l'abandonnerai pas avec autant de facilité que toi à l'Etat, au meurtre, ni à ta vanité et à ta faiblesse. A personne, entends-tu, à personne ! Si tu es faible devant eux, moi je ne le suis pas. Je sais quel est l'enjeu. Et je ne capitulerai pas. »

Il continuait de se taire et son silence d'esclave coupable finit par l'exaspérer. « Je ne laisserai pas un chiffon de papier m'enlever quoi que ce soit, je ne reconnais pas une loi dont l'issue est le crime. Une administration ne me fera pas courber l'échine. Vous les hommes, vous êtes actuellement tous corrompus par les idéologies, vous pensez en termes de politique et de morale, nous les femmes, nous avons encore des sentiments vrais. Je sais moi aussi ce que signifie la patrie, mais je sais ce qu'elle est aujourd'hui : meurtre et esclavage. On peut appartenir à son peuple, mais quand les peuples sont devenus fous, on n'est pas obligé de l'être en même temps qu'eux. Tu as beau être déjà pour eux un chiffre, un numéro, un instrument, de la chair à canon, tu es encore pour moi un être vivant et je te refuse à eux. Je ne te céderai pas. Je ne me suis jamais permis de décider pour toi, mais je suis maintenant dans l'obligation de te protéger ; jusqu'ici tu étais encore un être responsable, lucide, tu savais ce que tu voulais, à présent tu es déjà une machine à devoir, effarée, brisée, à la volonté étouffée, ainsi que ces milliers de victimes là-bas. Pour t'attraper ils ont agi sur tes nerfs, mais ils m'ont oubliée, moi ; je n'ai jamais été aussi forte. »

Il restait plongé dans un silence morne. Il n'y avait plus en lui aucune résistance ni contre elle ni contre l'« Autre ».

Elle se redressa, tel un lutteur prêt au combat. Sa voix était dure, tendue à l'extrême.

« Que t'ont-ils dit au consulat ? Je veux le savoir. » Déjà elle se mettait à lui donner des ordres. D'un geste las il prit la feuille et la lui remit. Elle la lut, les sourcils froncés et en serrant les dents. Puis elle la jeta d'un air méprisant sur la table.

« Ils sont bien pressés, ces messieurs ! Dès demain ! Et tu les as sans doute encore remerciés, en claquant les talons, avec humilité. "Vous présenter demain." Vous présenter ! Plus exactement vous asservir. Non, nous n'en sommes pas encore là, loin s'en faut ! »

Ferdinand se leva. Il était pâle et sa main se cramponna à la chaise. « Paula, ne nous faisons pas d'illusions. Nous en sommes là ! On ne peut pas sortir de soi-même. J'ai essayé de me défendre. Je n'ai pas réussi. Désormais je ne suis plus que — cette feuille. Et j'aurai beau la déchirer, cela ne changera rien. Ne me complique pas la tâche ! Ici je ne serais pas libre. A chaque heure qui passe j'aurais conscience que, là-bas, quelque chose m'appelle, que quelque chose cherche à m'atteindre et me tire sans relâche. Là-bas, je serai plus léger ; on peut retrouver la liberté au sein même de la prison. C'est seulement tant qu'on est encore à l'extérieur et qu'on se sent fugitif, c'est seulement alors qu'on n'est pas libre. Et puis, pourquoi envisager tout de suite le pire ? Ils m'ont renvoyé la première fois, pourquoi pas cette fois-ci ? Ou bien il est possible qu'ils ne me donnent pas d'arme, j'en suis même sûr, je serai affecté à un poste tranquille. Pourquoi imaginer tout de suite le pire ?

Ce n'est peut-être pas si dangereux, peut-être tirerai-je une boule blanche. »

Elle resta inflexible. « La question n'est plus là, Ferdinand. Il ne s'agit pas de savoir s'ils te donneront ou non un poste tranquille, mais si tu dois servir quelqu'un que tu exècres, si tu veux contribuer, à l'encontre de tes convictions, au plus grand crime de l'humanité. Car tout homme qui ne refuse pas est complice. Et toi, tu peux le faire, donc tu dois le faire.

— Moi je peux ? Je ne peux rien ! Plus rien ! Tout ce qui me rendait fort auparavant, mon dégoût, ma haine, ma révolte contre cette absurdité, tout à présent m'accable. Ne me torture pas, je t'en prie, ne me torture pas, ne me dis pas cela !

— Moi, je n'ai rien à dire. C'est à toi-même de te dire qu'ils n'ont aucun droit sur un être vivant.

— Le droit ! Un droit ! Peut-on actuellement parler de droit dans le monde ? Les hommes l'ont assassiné. Chaque individu a son propre droit, mais eux, ils ont le pouvoir et maintenant c'est la seule chose qui compte.

— Pourquoi ont-ils le pouvoir ? Parce que vous le leur donnez. Et ils ne l'auront que tant que vous serez lâches. Tout ce que l'humanité désigne en ce moment comme une monstruosité, ce ne sont que dix hommes résolus dans chaque pays, et cette monstruosité, dix hommes à leur tour peuvent y mettre fin. Un être humain, un seul être vivant, tue le pouvoir par le simple fait qu'il le nie. Mais tant que vous baisserez la tête et que vous penserez : peut-être passerai-je à travers, tant que vous vous déroberez et que vous essaierez de lui filer entre les doigts au lieu de le frapper en plein cœur, vous resterez des serfs et ne mériterez pas mieux. On n'a pas le droit de se terrer quand on est un homme ; on doit dire non », c'est actuellement le seul devoir, se laisser massacrer n'en est pas un.

— Mais Paula... que t'imagines-tu donc... je dois...

— Tu dois dire « non » si tout en toi dit non. Ta liberté, ton travail, ta vie me sont précieux, tu le sais. Cependant si aujourd'hui tu me déclares : il faut que j'aille là-bas faire régner la justice avec mon revolver et si je sais que c'est une nécessité pour toi, je te répondrai : pars ! Mais si tu pars à cause d'un mensonge auquel toi-même tu ne crois pas, parce que tu es faible et victime de tes nerfs, alors je te méprise, oui, je te méprise ! Si tu veux partir, en tant qu'homme, pour défendre l'humanité, pour ce à quoi tu crois, je ne te retiens pas. Mais si c'est pour être une bête féroce parmi les bêtes féroces, un esclave parmi les esclaves, alors je t'en empêcherai. On peut se sacrifier pour ses propres idées, mais pas pour la folie des autres. Qu'ils meurent donc pour la patrie, ceux qui y croient...

— Paula ! » Il se leva malgré lui.

« Trouves-tu mes propos trop libres ? Sens-tu déjà le bâton de caporal derrière ton dos ? N'aie pas peur ! Nous sommes encore en Suisse. Tu voudrais que je me taise ou que je te dise : il ne t'arrivera rien. Mais l'heure n'est plus à la sentimentalité. Il y va maintenant de l'essentiel, de toi et de moi.

— Paula ! » Il essaya à nouveau de l'interrompre.

« Non, je n'ai plus de pitié pour toi. J'ai choisi et aimé un homme libre. Et je méprise ceux qui sont faibles et qui se mentent à eux-mêmes. Pourquoi éprouverais-je de la pitié ? Que suis-je donc pour toi ? Un adjudant gribouille une paperasse et aussitôt tu me rejettes pour le suivre. Mais je ne me laisserai pas rejeter et reprendre : décide-toi à présent ! C'est eux ou moi ! Ou c'est eux que tu choisis de mépriser, ou c'est moi ! Je sais que les temps seront durs pour nous si tu restes, je ne reverrai jamais mes parents ni mes frères et sœurs, on nous empêchera de rentrer ; cependant j'accepte cela si tu es avec moi. Mais si maintenant tu déchires notre couple, ce sera pour toujours. »

Il se contenta de gémir. Les yeux de Paula étincelaient de force et de colère.

« C'est moi ou eux ! Il n'y a pas de troisième solution ! Ferdinand, réfléchis bien, tant qu'il n'est pas trop tard. J'ai souvent été chagrinée que nous n'ayons pas d'enfant. Pour la première fois, j'en suis heureuse. Je ne veux pas d'enfant d'un pleutre et n'ai pas envie d'élever des orphelins de guerre. Je n'ai jamais été plus près de toi qu'en ce moment où je te complique la vie. Mais je te le dis : ce ne sera pas un départ à l'essai. Ce sera un adieu. Si tu me quittes pour t'engager, pour suivre ces meurtriers en uniforme, il n'y aura pas de retour. Je ne partage pas avec des criminels, je ne partage pas un homme avec ce vampire qu'est l'Etat. C'est lui ou moi — choisis maintenant ! »

Il se tenait là, tremblant, et déjà elle se dirigeait vers la porte et la claquait derrière elle. Sous l'effet de la secousse ses genoux se dérobèrent sous lui. Il dut s'asseoir et il s'affaissa, morne, désemparé. Sa tête tomba, lasse, sur ses poings serrés. Et enfin il éclata en sanglots comme un petit enfant.

Elle ne revint plus dans la pièce de tout l'après-midi, mais il percevait au-delà des murs sa volonté, hostile et pugnace. Et dans le même temps il était conscient d'une autre volonté, cette froide roue d'acier dans sa poitrine qui le poussait en avant. Il essaya par moments de fixer son attention sur des points précis, mais ses pensées lui échappaient et tandis qu'il était assis, immobile et songeur en apparence, ce qui lui restait de calme fondit dans le feu de la nervosité. Il se sentait écartelé par des forces surhumaines et ne souhaitait qu'une chose : que sa vie se déchire en deux.

Pour s'occuper il fouilla dans le tiroir de la table, déchira des lettres, arrêta son regard sur d'autres, sans comprendre un seul mot, traversa la pièce d'un pas chancelant, se rassit, excité par son impatience, abattu à nouveau par la fatigue. Tout à coup il surprit ses propres mains en train de rassembler les affaires nécessaires pour le voyage et de traîner le sac à dos rangé sous le canapé et il les contempla qui faisaient ce qu'il fallait, sans que sa volonté intervienne. Il se mit à trembler lorsque le sac à dos se trouva soudain, rempli, sur la table et ses épaules s'alourdirent, comme s'il pesait déjà sur elles, chargé de tout le poids des temps.

La porte s'ouvrit. Sa femme entra, une lampe à pétrole à la main. Elle la posa sur la table et un cercle de lumière vacillante tomba sur le sac tout prêt. Dans cet éclairage cru, l'infamie cachée émergeait à présent de l'obscurité. Il balbutia : « C'est seulement à tout hasard... Rien ne presse... je... », mais ses paroles se heurtèrent à un regard de pierre, aussi dur que celui d'un masque, qui les pulvérisa. Elle le fixa pendant plusieurs minutes, se mordant une lèvre avec cruauté. Immobile, puis titubant légèrement, comme sur le point de perdre connaissance, elle plongea ses yeux dans les siens. La tension autour de sa bouche se dissipa. Mais elle se détourna, un frisson parcourut ses épaules, et elle s'en alla sans un regard en arrière.

Quelques minutes plus tard, la bonne entra et apporta le repas pour lui seul. La place à côté de lui, occupée d'habitude, resta vide, et lorsque, rempli d'incertitude, il regarda dans cette direction, il aperçut un signe cruel ; le sac à dos était posé là, sur la chaise. Il eut l'impression qu'il était déjà parti, déjà loin, déjà mort pour cette maison : les murs, en dehors du cercle lumineux de la lampe, dressaient leur masse sombre, et à l'extérieur, au-delà des lumières étrangères, la nuit, sous l'influence du foehn, était lourde. Tout était silencieux au loin et le ciel, très haut, qui couvrait la vallée de toute son immensité, ne faisait qu'accroître sa sensation de solitude. Il prit conscience que tout ce qui l'entourait, sa maison, le paysage, son œuvre, sa femme, s'éloignait de lui morceau par morceau, que toute sa vie jusqu'alors si pleine se desséchait soudain et refluait vers son cœur qui battait. Un besoin d'amour, de mots tendres et chaleureux l'envahit. Il se sentait prêt à fléchir devant la moindre parole d'exhortation qui d'une façon ou d'une autre le ramènerait au passé. La mélancolie l'emporta sur l'agitation et sur l'impatience et la solennité de l'adieu se fondit en un désir enfantin d'un peu de tendresse.

Il se dirigea vers la porte et appuya doucement sur la poignée. Elle ne céda pas. La porte était fermée à clef. Il frappa timidement. Aucune réponse. Il frappa à nouveau. Son cœur battait au rythme de ses coups. Le silence était total. Il le comprit à présent : tout était perdu. Il fut pris de frissons. Il éteignit la lumière, se jeta sans se dévêtir sur le canapé, s'enveloppa dans sa couverture : tout son être aspirait désormais à sombrer dans l'oubli. A un moment il tendit l'oreille. Il croyait avoir perçu un bruit. Il fixa son attention sur la porte. Elle ne bougea pas d'un pouce. Rien. Sa tête retomba.

Alors quelque chose en dessous de lui le frôla. Il sursauta, en proie à un effroi qui se transforma vite en émotion. Le chien, qui s'était glissé dans la pièce en même temps que la bonne et qui était resté couché sous le sofa, se pressait contre lui et lui léchait la main de sa langue chaude. L'amour aveugle de cet animal le submergea, parce qu'il venait d'un monde mort, parce que c'était tout ce qui lui restait de sa vie passée. Il se baissa et l'étreignit comme un être humain. Il y a encore quelque chose sur la terre qui m'aime et ne me méprise pas, se dit-il, pour lui je ne suis pas encore une machine, un instrument de mort, un être faible et docile, mais simplement une créature liée à lui par l'amour. Sa main caressait sans cesse le doux pelage. Le chien se serra davantage contre lui, comme s'il connaissait sa solitude, ils respiraient doucement et, peu à peu, s'enfoncèrent tous deux dans le sommeil.

A son réveil il était frais et dispos et dehors, au-delà des miroitements de la vitre il découvrit une matinée claire qui étincelait : le foehn avait ôté leur obscurité aux choses et au-dessus du lac brillait la chaîne des montagnes, ligne blanche à l'horizon. Ferdinand se leva d'un bond, encore un peu chancelant à cause de ces quelques heures de repos, et la vue du sac à dos bouclé acheva de le réveiller. Tout lui revint d'un seul coup, mais cela ne pesait plus lourd maintenant, en plein jour.

Pourquoi ai-je fait cela ? pensa-t-il. Pourquoi ? Je n'ai pourtant pas l'intention de partir. Le printemps commence. Je veux peindre. Ce n'est sûrement pas si pressé. Il me l'a bien dit, en personne : cela peut attendre un peu. Même les animaux ne courent pas à l'abattoir. Ma femme a raison : c'est un crime envers elle, envers moi, envers tous. Il ne peut en fin de compte rien m'arriver. Quelques semaines aux arrêts, si je me présente plus tard, mais le service n'est-il pas aussi une prison ? Je n'ai aucune ambition sociale, je ressens plutôt comme un honneur d'avoir fait preuve d'insubordination en cette période d'esclavage. Je ne songe plus à partir. Je reste là. Je veux d'abord réaliser un tableau de ce paysage afin de me rappeler plus tard où j'ai été heureux. Et je ne m'en irai pas avant qu'il soit encadré et accroché. Je ne me laisserai pas mener comme du bétail. J'ai le temps.

Il prit le sac à dos, le brandit en l'air, puis le jeta dans un coin. La sensation de sa force le remplit de volupté. Le besoin d'éprouver rapidement sa volonté éclata en lui maintenant qu'il avait retrouvé sa vigueur. Il sortit le papier de son portefeuille pour le déchirer et le déplia.

Mais curieusement, la magie des termes militaires le subjugua une fois de plus, il se mit à lire : « Vous êtes prié... » Ce mot lui serra le cœur. C'était comme un ordre qui ne souffrait pas de contestation. Il se sentit fléchir. Cette chose inconnue prenait à nouveau possession de lui. Ses mains furent saisies d'un tremblement. Sa force se dissipait. Une impression de froid venait d'on ne sait où, ainsi que sous l'effet d'un courant d'air, l'inquiétude grandit, le mécanisme d'acier de la volonté étrangère commença à se mouvoir en lui, à tendre tous ses nerfs à la manière d'un ressort jusque dans ses articulations. Il regarda l'heure inconsciemment. « J'ai encore le temps », murmura-t-il, mais il ignorait lui-même de quoi il voulait parler, du train du matin pour la frontière ou du délai qu'il s'était fixé. Et déjà revenaient ce mystérieux tiraillement de l'intérieur, cette marée dévastatrice, avec plus de force que jamais, parce que c'était sa dernière résistance, et en même temps la peur de succomber, cette peur imprécise, pleine de désarroi. Il le savait : si personne ne l'arrêtait maintenant, il était perdu.

A tâtons il gagna la porte de la chambre de sa femme et tendit avidement l'oreille. Rien ne bougeait. Il frappa d'un doigt timide. Aucun bruit. Il frappa une nouvelle fois. Toujours aucun bruit. Il appuya avec précaution sur la poignée. La porte s'ouvrit, mais vide était la pièce, vide le lit en désordre. Il fut pris de frayeur. Il l'appela à voix basse et, aucune réponse ne lui parvenant, il répéta, plus inquiet, « Paula ! » pour crier enfin à tue-tête à travers la maison, comme si on l'attaquait : « Paula ! Paula ! Paula ! » Rien ne bougeait. Il avança à l'aveuglette jusqu'à la cuisine. Elle était déserte. L'horrible sensation d'être perdu se confirma en lui et le fit frémir. Il monta d'une démarche hésitante à son atelier, ignorant ce qu'il voulait : prendre congé ou bien qu'on l'empêche de partir. Mais ici non plus, il n'y avait personne. Même le chien, le fidèle compagnon, était introuvable. Tout le lâchait, la solitude l'assaillit et eut raison de ce qui lui restait de force.

Il retraversa la maison vide pour se rendre dans sa chambre, prit son sac à dos. Il se sentait d'une certaine façon disculpé à ses propres yeux de céder à la contrainte. C'est sa faute, se disait-il, sa faute à elle seule. Pourquoi est-elle partie ? Elle aurait dû me retenir, c'était son devoir. Elle aurait pu me sauver de moi-même, mais elle ne l'a plus voulu. Elle me méprise. Elle a cessé de m'aimer. Elle m'a laissé tomber : je tomberai donc. Que mon sang rejaillisse sur elle ! C'est sa faute, ce n'est pas la mienne, sa faute à elle seule.

Devant la maison il se retourna encore une fois. Est-ce qu'un appel n'allait pas lui parvenir de quelque part, un mot d'amour ? N'y aurait-il pas quelque chose qui viendrait briser à coups de poing l'inexorable machine de l'obéissance qui l'habitait ? Mais personne ne parla. Personne n'appela. Personne ne se montra. Tout l'abandonnait et il se sentait déjà sombrer dans un abîme sans fin. Une pensée l'assaillit : ne valait-il pas mieux faire dix pas de plus en direction du lac et plonger du pont dans l'éternité de la paix ?

A cet instant l'horloge du clocher sonna. Cet appel grave et sévère, tombé d'un ciel clair, jadis tant aimé, agit sur lui à la manière d'un coup de fouet. Encore dix minutes : puis le train arrivait, et tout était fini, définitivement, sans retour. Encore dix minutes : mais il n'était plus conscient qu'elles représentaient la liberté. Comme un homme traqué, il s'élança en avant, chancela, ralentit, se remit à courir, tout essoufflé, dans sa peur folle d'être en retard, vite, toujours plus vite, jusqu'au moment où soudain, juste avant le quai, il faillit renverser quelqu'un qui se trouvait en travers de la barrière.

Il sursauta. Le sac à dos tomba de sa main tremblante. C'était sa femme qui se tenait devant lui, pâle, la mine défaite, et son regard lourd, plein de tristesse, était fixé sur lui.

« Je savais que tu viendrais. Je le sais depuis trois

jours. Mais je n'ai pas l'intention de t'abandonner. Je patiente ici depuis l'aube, depuis le premier train, et je resterai ici jusqu'au dernier. Ils ne te prendront pas tant que je respirerai. Ferdinand, rappelle-toi ! Tu as pourtant déclaré toi-même que tu avais encore le temps, pourquoi te précipites-tu ainsi ? »

D'un air mal assuré il lui dit :

« C'est que... Mon arrivée est déjà annoncée... ils m'attendent...

— Qui t'attend ? L'esclavage et la mort peut-être, qui d'autre sinon ? Réveille-toi, Ferdinand, il faut que tu en aies conscience, tu es libre, entièrement libre, personne n'a de pouvoir sur toi, personne ne peut te commander, tu entends, tu es libre, tu es libre, tu es libre ! Je te le répéterai mille fois, dix mille fois, toutes les heures, toutes les minutes, jusqu'à ce que tu le ressentes toi-même. Tu es libre ! libre ! libre !

— Je t'en prie, murmura-t-il, voyant que deux paysans qui passaient se retournaient avec curiosité, ne parle pas si fort. Les gens nous observent...

— Les gens ! les gens ! s'écria-t-elle furieuse. Que m'importent les gens ? De quel secours me seront-ils si tu gis criblé de balles ou si tu reviens chez nous en claudiquant ? Je me moque des gens, de leur pitié, de leur amour, de leur reconnaissance — je te veux, toi, être humain, libre et vivant. C'est libre que je te veux, libre comme il convient qu'un être humain le soit, et non sous forme de chair à canon...

— Paula ! » Il chercha à apaiser sa fureur. Elle le repoussa.

« Ne m'ennuie pas avec ta peur lâche et imbécile ! Je suis en pays libre, je peux dire ce que je veux, je ne suis pas asservie et je ne te laisserai pas asservir ! Ferdinand, si tu t'en vas, je me jetterai devant la locomotive..

— Paula ! » Il lui prit de nouveau le bras. Mais son visage revêtit soudain une expression amère.

« Non, dit-elle, je ne veux pas mentir. Il se peut que

je sois moi aussi trop lâche. Des millions de femmes ont manqué de courage lorsqu'on a emmené leurs maris, leurs enfants — pas une seule ne s'est comportée comme elle aurait dû le faire. Votre lâcheté nous a empoisonnées. Que vais-je faire si tu pars ? Pleurer, geindre, courir à l'église et prier Dieu qu'on te donne un poste tranquille. Et peut-être, qui plus est, me moquer de ceux qui sont restés. En ce moment tout est possible.

— Paula, dit-il en lui tenant les mains, pourquoi me rends-tu les choses aussi difficiles alors qu'on n'a pas le choix ?

— Devrais-je te faciliter la tâche ? Non, il faut que cela soit dur pour toi, infiniment dur, aussi dur que j'en serai capable. Je suis là : tu devras me repousser par la force, à coups de poing, tu devras me piétiner. Je ne te lâcherai pas. »

Un signal se fit entendre. Il sursauta, blême, agité, prêt à saisir son sac à dos. Mais elle l'avait déjà tiré vers elle et elle s'interposa entre celui-ci et Ferdinand.

« Donne-le-moi », gémit-il. « Jamais ! jamais ! », souffla-t-elle en luttant avec lui. Les paysans qui se trouvaient dans les parages s'assemblèrent en s'esclaffant. Des interpellations joyeuses et provocatrices fusèrent, des enfants en train de jouer accoururent. Mais ils se battaient tous deux pour le sac, avec toute la force de leur exaspération, comme si leur vie en dépendait.

A cet instant la locomotive gronda, le train arriva en sifflant. Soudain il abandonna la partie et, sans se retourner, dans une précipitation forcenée, trébuchant sur les rails, il courut vers une voiture et se précipita à l'intérieur. Des éclats de rire se déchaînaient tout autour, les paysans hurlaient de joie. A grands cris : « Faut qu'tu coures, elle va t'avoir. — Saute, saute, elle va t'attraper », ils le poussaient en avant et les rires qui explosaient derrière lui étaient autant de coups de fouet infligés à sa honte. Et déjà les roues tournaient.

Elle était là, le sac à dos dans les mains, noyée sous l'hilarité générale, et elle regardait fixement les wagons qui disparaissaient de plus en plus vite. Rien ne flotta de la fenêtre, aucun signe d'adieu. Et soudain son regard se remplit de larmes et elle ne vit plus rien.

Il était assis, la tête baissée, dans un coin et alors que le train roulait à présent plus rapidement, il n'osait pas jeter un seul coup d'œil par la fenêtre. Dehors, déchiré en mille morceaux par la vitesse, défilait tout ce qu'il possédait, la petite maison sur la colline avec ses tableaux, sa table, sa chaise et son lit, avec sa femme et son chien et le bonheur de tant de journées. Tout s'évanouissait, comme catapulté, le paysage dont il avait souvent parcouru l'étendue, le regard rayonnant, sa liberté, sa vie entière. Il avait l'impression que son existence s'était écoulée par toutes ses veines et que plus rien n'était à lui, hormis ce papier blanc, cette feuille qui crissait dans sa poche ; tout comme elle, il flottait, poussé par le signe mauvais du destin.

Il n'eut qu'une conscience sourde et confuse de ce qui lui arrivait. Le contrôleur lui demanda son billet, il n'en avait pas ; tel un somnambule, il nomma la ville frontière comme but de son voyage, il changea passivement de train : la machine en lui faisait tout et il ne ressentait plus aucune douleur. Au poste frontière suisse on lui réclama ses papiers. Il les donna : il ne lui restait rien que cette feuille insignifiante. Par moments quelque chose de perdu en lui cherchait encore faiblement à se souvenir et murmurait des profondeurs, ainsi que dans un rêve : « Reviens ! Tu es encore libre ! Tu n'es pas obligé ! » Mais la machine qui l'habitait et qui, sans parler, régissait avec force ses nerfs et ses membres, le poussait implacablement en avant avec son imperceptible : « il le faut ».

Il se tenait sur le perron de la dernière gare avant son pays natal. De l'autre côté, bien distinct dans la lumière mate, un pont enjambait la rivière : c'était la frontière. Son esprit vidé essayait de donner une signification à ce mot. De ce côté-ci donc on avait encore le droit de vivre, de respirer, de parler librement, d'agir à sa guise, de travailler à une œuvre importante, et à huit cents pas au-delà de ce pont on enlevait toute volonté à votre corps, comme on arrache les entrailles d'un animal, il fallait obéir à des inconnus et poignarder d'autres inconnus. C'était tout cela que représentait ce petit pont, dix douzaines de poteaux de bois reliés par deux traverses. Et pour cette raison deux hommes se trouvaient là, dans des costumes de couleur différente, absurdes, avec des fusils, pour en assurer la garde. Un sentiment vague le torturait, il s'apercevait qu'il ne parvenait plus à réfléchir clairement mais ses pensées défilaient toujours. Que voulaient-ils empêcher auprès de ce morceau de bois ? Que quelqu'un ne passe d'un pays à l'autre, fuyant celui où l'on vous vidait de votre volonté pour se réfugier de l'autre côté ? Pourtant lui-même, ne voulait-il pas traverser ? Oui, mais c'était différent, il quittait la liberté pour...

Il s'interrompit dans ses considérations. L'idée de la frontière l'hypnotisait. Depuis qu'il la voyait, concrète, bien réelle, surveillée par les deux hommes en habits de soldats qui s'ennuyaient, il y avait quelque chose en lui qu'il ne comprenait plus tout à fait. Il chercha à rassembler ses esprits : c'était la guerre. Mais seulement dans le pays là-bas — la guerre était un kilomètre plus loin, ou plus exactement elle commençait à un kilomètre moins deux cents mètres. Peut-être même dix mètres avant, se dit-il, c'est-à-dire à huit cents mètres moins dix. Le désir fou jaillit en lui d'examiner si ces derniers dix mètres de terre étaient encore soumis aux lois de la guerre ou non. La cocasserie de cette idée le réjouit. Il devait bien y avoir quelque part un trait, une démarcation. Et alors, si on se trouvait à la frontière, un pied sur le pont et l'autre sur le sol — qu'en était-il, était-on encore libre ou déjà soldat ? Dans ce cas, on porterait une chaussure civile à un pied et un godillot à l'autre. Des représentations de plus en plus puériles tourbillonnaient dans sa tête. Si l'on était sur le pont, déjà de l'autre côté, et que l'on revenait sur ses pas, était-on un déserteur ? Et l'eau, était-elle belliqueuse ou pacifiste ? Y avait-il quelque part au fond une ligne de partage, aux couleurs de chaque pays ? Et les poissons, avaient-ils au fait le droit de pénétrer dans le territoire en guerre ? Et les animaux en général ? Il songea à son chien. S'il était venu avec lui, on l'aurait sans doute mobilisé aussi, il aurait dû tirer des mitrailleuses ou chercher des blessés sous une pluie de balles. Dieu merci, il était resté à la maison...

Dieu merci ! Il fut effrayé lui-même à cette pensée et se secoua. Il découvrit que, depuis qu'il avait sous les yeux la frontière bien matérielle, ce pont entre la mort et la vie, quelque chose en lui, qui n'était pas la machine, s'était mis à l'œuvre ; une conscience était prête à s'éveiller en lui, de même qu'une résistance. Le train avec lequel il était venu était encore là, sur l'autre voie ; simplement la locomotive avait été déplacée dans l'intervalle et, avec ses gigantesques yeux de verre, elle regardait à présent dans la direction opposée, prête à ramener les wagons vers la Suisse. L'idée qu'il pouvait être encore temps agit comme une exhortation ; il sentit que la nostalgie endormie de la maison perdue se réveillait douloureusement et que renaissait l'homme qu'il avait été. Il vit là-bas, de l'autre côté du pont, le soldat sanglé dans un habit étranger, le fusil pesant sur son épaule, faisant absurdement les cent pas, et il se vit lui-même à travers le miroir de cet inconnu. Alors seulement son destin lui apparut dans toute sa clarté et dès lors qu'il le comprit, il perçut la destruction qu'il contenait en germe. Et au plus profond de lui la vie revint avec vigueur.

A cet instant un signal se fit entendre et ce bruit sec brisa un sentiment encore incertain. A présent, il le savait, tout était perdu s'il s'asseyait dans ce train trois minutes, le temps de parcourir deux kilomètres, d'atteindre le pont et de le traverser jusqu'à l'autre gare. Et il savait qu'il le prendrait. Encore un quart d'heure et il aurait été sauvé. Il se tenait là, chancelant.

Mais le train ne venait pas des lointains qu'il scrutait en tremblant, il arrivait lentement et à grand bruit de l'autre côté, sur le pont. Tout à coup une grande agitation s'empara du hall, des gens affluèrent des salles d'attente, des femmes se précipitèrent en criant et en se bousculant, des soldats suisses se mirent en rang à la hâte. Et soudain un air de musique retentit — il écoutait, stupéfait, incrédule. Mais cette mélodie qui résonnait avec force, impossible de s'y méprendre, c'était *La Marseillaise.* L'hymne ennemi pour un convoi venant de terre allemande !

Le train s'approcha dans un bruit de tonnerre, souffla et s'immobilisa. Et déjà tout le monde s'élançait, les portes des wagons furent ouvertes brutalement, des hommes au visage blême sortirent en titubant avec une lueur d'extase dans leurs yeux brillants — des Français en uniforme, des Français blessés, des ennemis, des ennemis ! Ce fut comme un rêve pendant quelques secondes, avant qu'il ne comprenne qu'il s'agissait d'un convoi de prisonniers blessés qui avaient été échangés et qui se retrouvaient ici libres, sauvés de la folie de la guerre. Et ils le devinaient, ils le savaient, ils le ressentaient tous ; que de mains agitées, de cris, de rires, même si, pour plus d'un, rire était encore douloureux ! L'un d'eux, d'un pas incertain, mal assuré, descendit en claudiquant sur sa jambe de bois, se tint à un poteau et hurla : « *La Suisse ! La Suisse ! Dieu soit béni !* * » Des femmes couraient d'une fenêtre à l'autre en sanglotant jusqu'à ce qu'elles aient trouvé l'être aimé qu'elles cherchaient, c'était un mélange confus d'appels, de hoquets, mais cette clameur était entièrement dominée par l'allégresse. La musique se tut. Durant plusieurs minutes on n'entendit rien d'autre que la marée de l'émotion qui s'abattait à grand fracas sur ces gens.

Peu à peu le calme revint. Des groupes se formèrent, tout à leur bonheur ; leur joie était silencieuse et leurs conversations brèves. Quelques femmes continuaient à errer en lançant des noms, des infirmières apportaient des rafraîchissements et des cadeaux. On fit sortir les grands blessés sur leurs civières, pâles dans leurs linges blancs, entourés de tendresse, de sollicitude, de précautions et de réconfort. Tout le bas-fond de la misère affluait, protéiforme : des mutilés aux manches vides, des hommes étiques, d'autres brûlés assez gravement, vestiges d'une jeunesse rendue sauvage et vieillie avant l'âge. Mais dans tous les yeux levés vers le ciel brillait la même lueur apaisée : ils sentaient tous que l'épreuve était terminée.

Ferdinand se tenait comme paralysé au milieu de ces arrivants inattendus : soudain son cœur, derrière la feuille de papier, se remit à battre violemment. A l'écart, seule, il aperçut une civière dont personne ne s'occupait. D'un pas lent, mal assuré, il se dirigea vers celui que cette joie étrangère avait oublié. Le visage du blessé, dévoré par une barbe en broussaille, était d'un blanc crayeux, son bras criblé de balles retombait inerte, hors du brancard. Ses yeux étaient fermés, ses lèvres pâles. Ferdinand frissonna. Il releva doucement le membre qui pendait et le posa

* *N.d. T.* : en français dans le texte.

avec précaution sur la poitrine du malheureux. A ce moment l'étranger ouvrit les yeux, le regarda et, des lointains infinis d'une souffrance inconnue, surgit un sourire reconnaissant en signe de salutation.

Ferdinand se mit à trembler, comme touché par la foudre. C'était là ce qu'il devait faire ? Mutiler des êtres humains de la sorte, ne plus contempler ses frères qu'avec haine, participer de son plein gré à ce grand crime ? L'immense vérité de l'émotion jaillit en lui avec impétuosité et brisa la machine qui l'habitait, la liberté se dressait radieuse, imposante et réduisait à néant la force de l'obéissance. Jamais ! Jamais ! criait en lui une voix d'une puissance venue du fond des âges, ignorée jusque-là. Et aussitôt après il s'effondra. Il éclata en sanglots devant la civière.

Des gens se précipitèrent vers lui. On le pensait en proie à une attaque d'épilepsie, le médecin accourut. Mais déjà il se levait lentement, refusant tout secours, les traits empreints de sérénité. Il sortit son portefeuille, en retira le dernier billet et le posa sur la couche du blessé ; puis il saisit le papier, le lut une dernière fois, sans hâte, l'esprit libre. Enfin il le déchira et en dispersa les morceaux sur le quai. Les gens le dévisageaient comme s'il était fou. Mais lui n'éprouvait plus aucune trace de honte. Il ne ressentait qu'une chose : il était guéri. La musique se remit à jouer. Mais elle fut couverte par les battements de son cœur.

Il revint chez lui tard dans la soirée. Sa maison était sombre et fermée ainsi qu'un cercueil. Il frappa. Des pas traînants se firent entendre : sa femme ouvrit. En le voyant elle sursauta. Mais il lui prit le bras tendrement et il entra avec elle. Ils ne prononcèrent pas un mot. Ils tressaillaient simplement tous deux de bonheur. Il pénétra dans sa chambre : ses tableaux étaient là, elle les avait tous descendus de son atelier pour être proche de lui par l'intermédiaire de son œuvre. Il eut conscience de l'amour infini que ce signe contenait et comprit l'importance de ce qu'il avait sauvé. Il serra sa main en silence. Le chien se précipita de la cuisine et bondit sur lui : il était attendu, il sentait qu'il n'avait jamais vraiment quitté ces lieux et pourtant il avait l'impression de ressusciter.

Ils ne disaient toujours rien. Mais, d'un geste empreint de douceur, elle le conduisit à la fenêtre : dehors, ignorant les tourments qu'une humanité troublée s'infligeait à elle-même, s'étendait le monde dans son éternité et toutes les étoiles brillaient pour lui à perte de vue dans l'immensité du ciel. Il leva les yeux et reconnut avec une émotion fervente qu'il n'est d'autre loi pour l'homme que celle de l'univers et que rien ne le lie véritablement que son union avec lui. Tout près de ses lèvres le souffle de sa femme palpitait, plein de félicité, et parfois un léger frisson de volupté s'emparait de leurs deux corps heureux de se sentir l'un contre l'autre. Mais ils restaient silencieux : leurs cœurs s'élançaient joyeusement vers la liberté éternelle des choses, délivrés de la confusion des mots et de la loi des hommes.

Table

Œuvres de Stefan Zweig
aux Éditions Belfond :

AMERIGO, 1992.
L'AMOUR D'ERIKA EWALD, 1990.
CLARISSA, 1991.
LE COMBAT AVEC LE DÉMON, 1983.
DESTRUCTION D'UN CŒUR, 1987.
EMILE VERHAEREN, 1985.
LA GUÉRISON PAR L'ESPRIT, 1982.
IVRESSE DE LA MÉTAMORPHOSE, 1984.
JOURNAUX 1912-1940, 1986.
LE MONDE D'HIER, 1982.
LES TRÈS RICHES HEURES DE L'HUMANITÉ, 1989.
TROIS MAÎTRES, 1988.
TROIS POÈTES DE LEUR VIE, 1983.
UN MARIAGE À LYON, 1991.
WONDRAK, 1994.

Le Livre de Poche Biblio

Extrait du catalogue

Sherwood ANDERSON
Pauvre Blanc

Guillaume APOLLINAIRE
L'Hérésiarque et Cie

Miguel Angel ASTURIAS
Le Pape vert

Djuna BARNES
La Passion

Andrei BIELY
La Colombe d'argent

Adolfo BIOY CASARES
Journal de la guerre au cochon

Karen BLIXEN
Sept contes gothiques

Mikhail BOULGAKOV
La Garde blanche
Le Maître et Marguerite
J'ai tué
Les Œufs fatidiques
Récits d'un jeune médecin

Ivan BOUNINE
Les Allées sombres

André BRETON
Anthologie de l'humour noir
Arcane 17

Erskine CALDWELL
Les Braves Gens du Tennessee

Italo CALVINO
Le Vicomte pourfendu

Elias CANETTI
Histoire d'une jeunesse (1905-1921) - *La langue sauvée*
Histoire d'une vie (1921-1931) - *Le flambeau dans l'oreille*
Histoire d'une vie (1931-1937) - *Jeux de regard*
Les Voix de Marrakech

Raymond CARVER
Les Vitamines du bonheur
Parlez-moi d'amour
Tais-toi, je t'en prie

Camillo José CELA
Le Joli Crime du carabinier

Blaise CENDRARS
Rhum

Varlam CHALAMOV
La Nuit
Quai de l'enfer

Jacques CHARDONNE
Les Destinées sentimentales
L'Amour c'est beaucoup plus que l'amour

Jerome CHARYN
Frog

Bruce CHATWIN
Le Chant des pistes

Hugo CLAUS
Honte

Carlo COCCIOLI
Le Ciel et la Terre
Le Caillou blanc
La Ville et le Sang

Jean COCTEAU
La Difficulté d'être
Clair-obscur

Cyril CONNOLLY
Le Tombeau de Palinure
Ce qu'il faut faire pour ne plus être écrivain
100 Livres clés de la littérature moderne

Joseph CONRAD
Sextuor

Joseph CONRAD et Ford MADOX FORD
L'Aventure

René CREVEL
La Mort difficile
Mon corps et moi

Alfred DÖBLIN
Le Tigre bleu
L'Empoisonnement

Lawrence DURRELL
Cefalù
Vénus et la mer
L'Ile de Prospero
Citrons acides
La Papesse Jeanne

Friedrich DÜRRENMATT
La Panne
La Visite de la vieille dame
La Mission
Grec cherche Grecque
La Promesse

J.G. FARRELL
Le Siège de Krishnapur

John FOWLES
La Tour d'ébène

Paula FOX
Pauvre Georges !
Personnages désespérés

Jean GIONO
Mort d'un personnage
Le Serpent d'étoiles
Triomphe de la vie
Les Vraies Richesses

Jean GIRAUDOUX
Combat avec l'ange
Choix des élues
Les Aventures de Jérôme Bardini
Les Cinq Tentations de La Fontaine

Vassili GROSSMAN
Tout passe

Knut HAMSUN
La Faim
Esclaves de l'amour
Mystères
Victoria
Sous l'étoile d'automne
Un vagabond joue en sourdine
Auguste le marin

Hermann HESSE
Rosshalde
L'Enfance d'un magicien
Le Dernier Été de Klingsor
Peter Camenzind
Le Poète chinois
Souvenirs d'un Européen
Le Voyage d'Orient
La Conversion de Casanova
Les Frères du soleil
Knulp

Bohumil HRABAL
Moi qui ai servi le roi d'Angleterre
Les Palabreurs
Tendre Barbare

Yasushi INOUÉ
Le Fusil de chasse
Le Faussaire

Henry JAMES
Roderick Hudson
La Coupe d'or
Le Tour d'écrou
La Muse tragique

Ernst JÜNGER
Orages d'acier
Jardins et routes
(Journal I, 1939-1940)
Premier journal parisien
(Journal II, 1941-1943)
Second journal parisien
(Journal III, 1943-1945)
La Cabane dans la vigne
(Journal IV, 1945-1948)
Héliopolis
Abeilles de verre

Ismail KADARÉ
Avril brisé
Qui a ramené Doruntine ?
Le Général de l'armée morte
Invitation à un concert officiel
La Niche de la honte
L'Année noire
Le Palais des rêves
Clair de lune
Le Printemps albanais

Franz KAFKA
Journal

Yasunari KAWABATA
Les Belles Endormies
Pays de neige
La Danseuse d'Izu
Le Lac
Kyôto
Le Grondement de la montagne
Le Maître ou le tournoi de go
Chronique d'Asakusa
Les Servantes d'auberge
L'Adolescent
Tristesse et Beauté

Abé KÔBÔ
La Femme des sables
Le Plan déchiqueté
Mort anonyme

Andrzeij KUSNIEWICZ
L'État d'apesanteur

Pär LAGERKVIST
Barabbas

LAO SHE
Le Pousse-pousse
Un fils tombé du ciel

D.H. LAWRENCE
Le Serpent à plumes

Primo LEVI
Lilith
Le Fabricant de miroirs
Le Système périodique

Sinclair LEWIS
Babbitt

LUXUN
Histoire d'AQ : Véridique biographie

Carson McCULLERS
Le cœur est un chasseur solitaire

Reflets dans un œil d'or
La Ballade du café triste
L'Horloge sans aiguilles
Frankie Addams
Le Cœur hypothéqué

Naguib MAHFOUZ
Impasse des deux palais
Le Palais du désir
Le Jardin du passé

Klaus MANN
La Danse pieuse

Thomas MANN
Le Docteur Faustus
Les Buddenbrook
Les Confessions du chevalier d'industrie Félix Krull
Déception

Katherine MANSFIELD
La Journée de Mr. Reginald Peacock

Somerset MAUGHAM
Mrs Craddock

Henry MILLER
Un diable au paradis
Le Colosse de Maroussi
Max et les phagocytes

Paul MORAND
La Route des Indes
Bains de mer
East India and Company

Vladimir NABOKOV
Ada ou l'ardeur

Anaïs NIN
Journal 1 - *1931-1934*
Journal 2 - *1934-1939*
Journal 3 - *1939-1944*
Journal 4 - *1944-1947*

Joyce Carol OATES
Le Pays des merveilles
Amours profanes

Edna O'BRIEN
Un cœur fanatique
Une rose dans le cœur
Les Victimes de la paix

PA KIN
Famille

Mervyn PEAKE
Titus d'Enfer

Leo PERUTZ
La Neige de saint Pierre
La Troisième Balle
La Nuit sous le pont de pierre
Turlupin
Le Maître du jugement dernier
Où roules-tu, petite pomme ?
Le Marquis de Bolibar

Luigi PIRANDELLO
La Dernière Séquence
Feu Mathias Pascal

Ezra POUND
Les Cantos

Augusto ROA BASTOS
Moi, le Suprême

Joseph ROTH
Le Poids de la grâce

Raymond ROUSSEL
Impressions d'Afrique

Salman RUSHDIE
Les Enfants de minuit

Arthur SCHNITZLER
Vienne au crépuscule
Une jeunesse viennoise
Le Lieutenant Gustel
Thérèse
Les Dernières Cartes
Mademoiselle Else

Leonardo SCIASCIA
Œil de chèvre
La Sorcière et le Capitaine
Monsieur le Député
Petites Chroniques
Le Chevalier et la Mort
Portes ouvertes

Isaac Bashevis SINGER
Shosha
Le Domaine

André SINIAVSKI
Bonne nuit !

Muriel SPARK
Le Banquet
Les Belles Années de Mademoiselle Brodie
Une serre sur l'East River

George STEINER
Le Transport de A. H.

Andrzej SZCZYPIORSKI
La Jolie Madame Seidenman

Milos TSERNIANSKI
Migrations

Maria TSVÉTAEVA
Le Diable et autres récits

Tarjei VESAAS
Le Germe

Alexandre VIALATTE
La Dame du Job
La Maison du joueur de flûte

Ernst WEISS
L'Aristocrate

Franz WERFEL
Le Passé ressuscité
Une écriture bleu pâle

Thornton WILDER
Le Pont du roi Saint-Louis
Mr. North

Virginia WOOLF
Orlando
Les Vagues
Mrs. Dalloway
La Promenade au phare
La Chambre de Jacob
Entre les actes
Flush
Instants de vie

IMPRIMÉ EN FRANCE PAR BRODARD ET TAUPIN
Usine de La Flèche (Sarthe).
LIBRAIRIE GÉNÉRALE FRANÇAISE - 43, quai de Grenelle - 75015 Paris.

ISBN : 2 - 253 - 13893 - 2   31/3893/0